誰かこの状況を説明してください！ 7

～契約から始まったふたりのその後～

登場人物紹介
ロータス
執事長。サーシスの片腕として公爵家のすべてを取り仕切る。長く勤めているだけあり事情通。
サーシス
超名門貴族・フィサリス公爵家当主。目もくらむような美形。仕事はできるが私生活では少々ヘタレで、愛するヴィオラを前にすると恰好のつかない事態になることが多い。
バイオレット
ヴィオラとサーシスの娘。愛称はレティ。両親はもちろん、お屋敷中の愛情を受けて成長中！
ヴィオラ
元貧乏伯爵家令嬢で、フィサリス公爵家の若奥様。ワケのありすぎる契約結婚……のはずがいつの間にか旦那様に溺愛されるように！　マイペースながらしっかり者。

カルタム・ダリア夫妻
ステラリアの両親。カルタムは料理長、ダリアは侍女長として公爵家で働いている。
ユリダリス
ブルケリマ侯爵家の三男でサーシスとは騎士学校以来の腐れ縁。周囲に振り回されがちな彼にもついにロマンスが……!?
ステラリア
ヴィオラ付きの侍女。カルタム・ダリア夫妻の娘。ひょんなことからユリダリスと顔見知りになる。

目次

誰かこの状況を説明してください！　～公爵夫妻の周辺の恋愛事情～

リーンゴーン、と神殿の鐘――通称幸福の鐘――が鳴り響く。雲ひとつない爽やかな天気だ。まるで神様までもが今日という日を祝福しているかのような錯覚を覚える。

ここはフルール王国の王都ロージア。

王都ロージアを一望する小高い丘の上に建つ王宮内の、最も神聖なる場所、国教会の神殿では今まさに結婚式が執り行われようとしていた。

「団長、ほんとに結婚するんですね～」
「まあなぁ」
「なんか、ほら、こう、狂言的な何かかなぁって思ってたんですけど」
「それにしては大がかりすぎだろ」

俺――特務師団副団長であるユリダリス・プルケリマは、部下たちと一緒に結婚式の執り行われている神殿のすぐ外で警護を務めている。

フルール王国の筆頭貴族であるフィサリス公爵と、斜陽貴族で有名なユーフォルビア伯爵家の令嬢の結婚。……ほんとにいいのかなぁ、なんて思いながら。

基本このフルール王国は平和でいい国だけど、なんてったってここは王宮。しかも今日は国王陛下をはじめ、国中の要人がここに集まっていると言っても過言ではない。何かあってからでは遅いんでね。

ということで、騎士団あげての厳戒態勢。

その中でも精鋭であり、公爵直属の部下ということから、俺たちは神殿のすぐ外の護衛を任された。

かく言う俺も、実は結婚式に招待されていたんだけど、この警備の仕事があるからと断った。

なんで俺が招待されたのかって？

公爵とは騎士養成学校の頃からの友達（むしろ悪友？）だというのが大きな理由かな。あと、これでもいちおう〝プルケリマ侯爵家の三男〟という立派な肩書き持ってるから、とか？

まあそれはいいとして。

とにかく今日は外からの参加。この方が気楽だし、とかいうのが本音かも。

そうそう。結婚式が始まる直前、お付きの侍女に手を引かれ神殿に向かっている今日の花嫁——

伯爵令嬢をちらりと見たんだけど……あれ？　ほんとに伯爵令嬢か？

俺の知ってるユーフォルビア家の令嬢はもっと地味な、目立たない子だったはず。

めったに社交界に顔を出さない人だから俺もはっきり覚えているわけじゃないけど、若い娘(こ)の好みとは思えない地味な色・デザインのドレスを着、徹頭徹尾(てっとうてつび)壁の花に徹していたような。

顔は悪くなかったと思うけど、何しろ存在感がなさすぎて細かいところまで思い出せない。まるで幻(まぼろし)のような……。


しかし今日の令嬢は楚々(そそ)として可憐(かれん)な、儚(はかな)げな美少女だった。


化粧の力すげ～。って、おかしなところに感嘆するわ。

一方の公爵は、超美形・超エリートとハイスペックな野郎だけど、いかんせん素行に問題がある。

仕事はできるよ？　頭もいい。でもな。

結婚前から愛人いるって、それどうなんだよ？

友達だけど、さすがにそこは引くわ。

『結婚することになった』

一年以上前だったか。
フィサリス公爵——特務師団長——が突然俺にそう言ってきた。

おっ、やっとあの愛人と別れる気になったか！


別に団長が誰と付き合おうが俺がどうこう言うことでもないけど、家の仕事を全部放棄して愛人べったりな姿は目に余っていたので、俺は団長の言葉に安堵した。

これで仕事以外のところも落ち着くだろう。

優秀な使用人たちのおかげで公爵家は保ってると言っても過言ではないからね。

『それはおめでとうございます。じゃあ、身辺整理しないといけませんね』

『なぜその必要が？』

『え？　まさかの愛人と正式に結婚⁉』

『できたら苦労してない』

『デスヨネ～。……じゃあ、どういうことだ？』

『〝彼女の存在〟も込みでの結婚だ』

『ハァァァ!?』

当然だというような顔をしてえげつないことを言いやがった!

『彼女の存在込みでの結婚』って……。それって、愛人と別れる気はさらさらないってことだよな。

奥さん（婚約者?）に、今から同情を禁じ得ない。

ちなみに、結婚すると聞いて祝福ムードだった部下の綺麗どころトリオも、婚約発表後も団長が愛人とは切れていないという事実を知った時には激怒していた。

団長から突然結婚の話を聞いた時のことを思い出しながら、さっき見かけた、奥さんになる伯爵令嬢のことを思い出す。

あんなかわいらしい奥さんを、団長はないがしろにするのかぁ（※まだ決まってません）。

俺だったら絶対そんなことはしない！　というか、俺、一途だしな！

あの上司は反面教師にしておこう。

一・ユリダリスという人

俺はユリダリス・カシュメリアナ・プルケリマといって、プルケリマ侯爵家の三男として生まれた。ミドルネームはほっとんど使ってないから、忘れてもらってけっこう。

しっかりした長兄、頭のいい次兄と、上に優秀な兄が二人もいたので、俺はかなりのびのびと育てられた。俺が侯爵家を継ぐことなんて、よっぽどのことがない限りなさそうなんで。

勉強も人並み以上にはできたけど、どちらかというと剣を振り回したり体を使ったりすることの方が好きだったので、

「俺、将来は騎士になりたい」

と親に言った時には、

「お〜、好きにしろ。お前には向いてると思うぞ」

すぐさま賛成してくれた。

「騎士団と一口に言っても、完全に武闘派だけじゃなく、頭脳派集団というのもあるしな」

長兄が教えてくれる。

「ユリーならどっちでもいけるんじゃないかな。まあ、頭脳派にいれば出世もしやすいよ」

次兄がメガネをキランと光らせながら言った。

さすが兄ちゃんたち、よく知ってるなぁ。

とりあえず騎士養成学校に入ることを目標にした俺は、入学適齢年齢になるまで勉強と剣術や体術の稽古に励んだ。

十五になった時、俺は騎士養成学校に入学した。

入学したら卒業するまでの二年間は寄宿舎生活。侯爵家の子供だからって特別待遇はない。いちおう宿舎は通称『貴族棟』と『庶民棟』に分かれてはいたけど。

最初は貴族棟でも庶民棟でも通称『雑魚部屋』（要するに下っ端の集まり）からのスタートで、その後は成績次第で、ちょっとだけ設備や内装のいい感じの部屋が割り振られる。それでも一人部屋はない。

雑魚部屋にはいくつもの二段ベッドが置かれていて、自分のスペースはそのベッドのみ。置ける荷物も最小限。

こういう生活したことないから、不安でもありワクワクもするな。

入学当日の緊張と不安が入り混じった落ち着かない寄宿舎の部屋の中、俺は楽観的に考えながら自分のスペースを整えていた。

いい感じにマイスペースが出来上がった頃、突然部屋が静かになった。

なんだろうとマイスペースから顔を出したら、すらりと長い足が見えた。誰だ？

そのまま視線を上げていくと、すんげーお美しい顔にたどり着いた。


あ。フィサリス公爵家のサーシスじゃん。


何度もパーティーで顔を見たことがあったので、俺にはすぐにわかった。向こうはどうか知らんけど。

「ベッド、この上？」

「ああ」

「俺、ユリダリス。よろしく」

「知ってる」

「あらま」

知ってらしたそうです。

俺とサーシスの初めましては、そんなそっけない会話。それを周りの同級生がじっと聞いている、って感じだった。さすがにまわりの同級生はみんなもちろんサーシスのことは知っていたけど、間近で見る本人に、畏（おそ）れ多さとあまりの美形っぷりに圧倒されてじっと見るしかできなかったらしい。

思えばこの時からずっと一緒なんだよなぁ。サーシスと俺。

最初の試験で雑魚部屋脱出に成功した俺たちは、試験のたびに上ランクの部屋に移動していった。でも常に一緒って……。

勉強も実技も常にライバル。いや、ライバルっつってもギスギスした感じはないよ？　追いつ追われつ、抜きつ抜かれつの繰り返し。

「くっそ、実技サーシスが首位かよ」

「ペーパーはお前が一位だろうが。両方取ってこその首位だ」

「言うねぇ」

なんて。二人で首位と二位を独占状態。張り合いあるって楽しい！

けどサーシスはやっぱりおぼっちゃまで、勉強や実技はできるけど、生活面は全然ダメ。

寄宿舎の食事は実習も兼ねて下級生が交代で作るんだけど、その最初の当番の日、家事の経験は一切ないと言っていたから、一番簡単なスープ作りをサーシスに任せた。

俺たちが切った食材をスープに入れるだけの簡単なお仕事だからな。

「ここにある食材をテキトーに入れていって」

「わかった」

理解したようなので、スープはサーシスに任せて、俺たちはメインやサブの料理にかかる。

しかしな～んか気になってサーシスの様子をふと見たら。

やつは、何を思ったのか果物を投下しようとしていた。


「わ～っ‼　何やってんのお前！」

「ちょ、サーシスくん、それ入れたらダメなやつ～！」

「デザート用だからね？　早まらないで！」


デザートにと用意されていたあっまい果物（かなり熟れてる）なんてスープに入れたら激マズになんだろうがっ！

同じ班のメンバーで全力で止めたら、

「ん？　お前たちが、そこらにある食材を適当に入れろと言ったんだろうが」

なんてキョトンとしている。

もおヤダこの子！

「〝スープ用〟の食材でしょうが～！」

「隣に置いてあった。スープに果物はおかしいなぁとは思ったが」

「よ～し、サーシスはお皿当番な？」


それからサーシスは『食器係長』に任命されたのだった。

容姿も目立てば成績も目立つ。

騎士の世界は実力主義。家柄よりも実力なわけですよ。だから、俺たちのことを快く思わない同級生や上級生は常にいるもので、何かにつけてお呼び出しされることがあった。

強面（こわもて）な上級生（もちろん庶民から勝ち上がってきた系）、腕に自信アリな同級生（もちろん庶民……以下略）。

多勢（たぜい）に無勢（ぶぜい）なんてしょっちゅう、俺やサーシス一人に対して数名なんてザラだった。


ま、全部返（かえ）り討（う）ちだけどね～。


ちなみに、返り討ちにあった奴らはもれなく俺たちの〝臣下〟になったけど。それなりに腕も立つしね、後々使える。

そんなこんなで、サーシスと俺は仲良くなっていった。


養成学校も無事に卒業し、いよいよ騎士団に入団、仮配属が決まった。

「って、えええ～？　お前また一緒～？」

「それは僕のセリフだ！」

仮配属先が書かれた掲示板、『特務師団』の欄には、サーシスと俺の名前があった。

『特務師団』ね。ここは『頭脳』も『実技』も優秀じゃないと入れない、いわば精鋭集団。長兄が言っていたところの『頭脳派』というところだ。

つねに成績学年トップを争ってきた俺たちだったから、当然っちゃ当然か。


学校も卒業し、また自由の身になった俺たち。

でも俺は実家に帰らず、騎士団の宿舎に入った。もう一人前の大人だし、自立した方がいいでしょ、ってね。

でもサーシスはそうはいかないのか、また公爵家に戻っていった。あいつの生活力を考えると、その方がいいと思う。賢明だ。


社交にも呼ばれるようになった。

俺的には『美味（うま）いもん食って、適当に時間潰（つぶ）しておくか～』って感じだけど、サーシスは違った。


若いお嬢様方が放っておかないんだよ！

「サーシス様、お久しぶりでございます」

「今日はわたくしと踊ってくださいますよね?」

「あら、私とですわ」

なんて。いつもあいつの周りにはお嬢様の人だかりができている。お嬢様ホイホイ状態。

しかしサーシスはさすがにあしらい方を知っていて、笑顔という社交仮面をつけ、

「ああ、そのように争わないでください。そちらのお嬢様は後でお誘いに行きますから、浮気せずにお待ちくださいね」

「はっ、はいいい～」

爽やかに微笑(ほほえ)んで見せている。美形が爽やかに笑うとキラキラと星が舞うんだな。知らなかった。


俺もそこそこモテたけど、別に彼女ほしいわけでもなかったし、仕事に慣れて一人前になることの方が先決だと思っていたから、寄ってくる女は放置しておいた。


「この間の女はまだアプローチしてきてるのか?」

数日後、サーシスと顔を合わせた時に聞かれた俺は、その問いかけにげんなりとため息をついた。

この間の夜会で、俺に熱心に声をかけてきたお嬢様がいた。あれから何回か手紙が来たけど全部捨ててしまっている。

「どうせ俺の〝肩書き〟が好きなお嬢様ばっかりだろ。そんな女に興味ねえ」

「まあな」

「お前こそどーなの。モッテモテじゃねえか」

「それこそ、僕の顔と肩書きだけに目が眩(くら)んだ女だ。うっとうしいだけだろ。……僕という『個人』を見ているわけじゃない」

まあ確かにそれはある。

超美形ってだけでもモテ要素の筆頭なのに、その上超金持ち・名門貴族・仕事もエリートときたらモテないわけがない。

そしてその事実に、サーシスがうんざりしているのも知ってる。

「とか言いつつ、適当に遊んでるみたいですが?」

「大丈夫だ、後腐(あとくさ)れないように気をつけている」

「気をつけるとこ、そこ⁉」

けど、潔く言い切るとこがそこってどうなの?


そんなふうに軽い(ドライな?)付き合いを繰り返すサーシスを見ていた俺。

適当に付き合う女をとっかえひっかえしているみたいだけど、上手(うま)く別れているのか、問題は起こしたことがない。ある意味すげーわ。


きっとこいつは心から愛せる人に巡り会えないんだろうなぁ、なんて漠然と考えていた時もありました。

しかし。それから一年もしないうちに、
まさかの恋！　それも流浪の踊り子‼

サーシスの新しい恋人が発覚した時は、さすがに衝撃が走った。

どうも本気で入れ込んでるらしく、仕事をさっさと終わらせると、ほぼ毎日のように会いに行っていた。彼女のところに入り浸っていて、屋敷にもほとんど帰ってないらしい。

仕事はちゃんとまじめにしてるけど、他がどうもねぇ。

「彼女は僕を肩書きやスペックではなく、〝一個人〟として見てくれている」

うっとり語られてもねぇ。

まあ、確かにサーシスがずっと言ってたことだけど。そして俺も、そういう人を見つけたいけど。

とりあえず恋に溺れているサーシスくんにはこの言葉を贈ろう。

「はいはい。ラブ・イズ・ブラインド」

サーシスの言うように、俺の肩書きとかに惹かれる女は嫌だな。

『侯爵子息』『金持ち』『エリート』『イケメン』そんな上辺のスペックだけに寄ってくる女が多す

ぎるのは事実。そんなスペックを重ねて『俺』という人物を勝手に自分の中で構築し、現実の俺に『こんな人だと思いませんでした』とか、勝手に幻滅して冷めていくのが関の山。

『俺』という個人に惚れてくれなければ、こっちだって本気になれないし。

あ~あ。ギラギラ獲物を狙う肉食獣のような子じゃなくて、優しくてふんわりした感じの子と、のんびりとした恋愛がしたい。

二・ユリダリス的運命の出会い

特務師団へと本配属されてからあっという間に七年。

その間にサーシスは団長に、俺は副団長にまで順調に出世していた。

長期の出張から帰ってきてまずやることは、膨大な量の報告書を書くこと。というか、こまめに出張先から送った報告書を取りまとめて結論を出すことだ。

結論はすでに団長と考察済みで、後は文書に起こすだけ。それだけなのだが、デスクワークよりも体を動かす方が性に合ってる俺には苦痛の時間だ。

団長はさっさと帰りやがった。

「長いこと屋敷を空けていたからな」

しれっとそんなこと言って、仕事が終わるとさっさといなくなっていた。逃げ足の速いヤローだ。

長期で家を空けてたって、それはみんな同じだっつーの！

急いで帰る目的が奥さんなのか愛人なのか俺の知ったこっちゃないけど、

「かわいい新妻（にいづま）が待ってますからね～。羨（うらや）ましい！」

「何を言ってる？　カレンデュラが待ってるんだ」

「そっすか」

愛人の方ですってよ。はいはい奥さんかわいそー。てゆーか、家に正妻と愛人が一緒にいるってどんな感じなんだろ？　毎日が修羅場（しゅらば）？　おっと、想像するだけでも身の毛がよだつわ。

『愛人が待ってるから』と潔く言い残してさっさと見えなくなった背中に文句を言っても仕方ないから、仕事はちゃんとやりますよ。（ヤケクソ）

覚えてろよ。明日にはまた別の書類を机の上に山積みにしておいてやるからな。


ま、腹いせのことはともかく。


王都に帰ってくる二、三日前から徹夜が続いてたというのに、とどめが報告書とかどんな嫌がらせだよ。さすがに疲れてるし、さっさと終わらせて帰って寝るぞ。

俺はできる限りの速さで報告書を書き上げた。


「ダメだ。限界を感じる」

俺は今、王宮内の廊下を歩いている。書き上げた報告書を上官のところに提出しに行くために。

出張から帰ってきたのが昨日の夕方。それから団長とミーティングをして今回のミッションの結論を出し、実際に報告書の作成に取りかかったのがその夜遅く。

そして今はもう朝。軽く仮眠はとったけど、自分の執務机で寝落ちに近かったから全然身体が休まっていない。


かろうじてまっすぐ歩いているけど、睡魔と闘いながらなので、かなり足元はおぼつかない。完全に疲労と眠気がピークに達していた。

「これが終わったら風呂！　これが終わったら布団！　これが終わったら……わぁっ！」

「きゃっ！」

なんか半分眠りながら廊下を歩いていたら、曲がり角のところで反対側から来た人にぶつかってしまった。

ぶつかった相手は王宮女官。

よろめいた相手をとっさに抱きとめ大事には至らなかったが、代わりに大事な書類がその場に散乱するという大惨事になった。まあでも女官に怪我させなくてよかったか。

「すみません！　大丈夫でしたか？」

散乱した書類はとりあえず放置して、彼女の体勢を整え立たせる。

「ええ、わたくしは大丈夫ですわ。あなた様がかばってくださいましたから。それより、わたくしこそ前方不注意でございました。申し訳ございません」

そう言うと彼女はぺこり、と頭を下げた。

「いいや君は悪くない。謝らないでください」

今のは完全に俺が悪い。ぼーっとしながら歩いていたから。俺こそ前方不注意だった。

「いいえ。大事な書類が大変なことになってしまってます」

「あ~。まあ、それは後で適当に拾っておきますから、君は気にしなくていいですよ」

散乱しているのが実は特務の大事な書類というのを気取(けど)られないように、俺は適当に笑ってごまかす。

さも取るに足らない書類のように振る舞っていたはずなんだけど。

彼女が一礼してこの場を後にしようとしたので、俺はすかさず落ちた書類をかき集め始めた。

すると。

俺の視界に、スッと伸びてきた細い華奢(きゃしゃ)な手。

それは離れたところに落ちていた書類を拾い、俺に渡してきた。

一連の仕草が優雅で、俺は思わず見とれてしまう。

ボーッとしている俺に首をかしげた彼女は、俺が動かないと見ると、拾った書類を俺の手元に重ねた。

「大丈夫でございますか？　わたくし、あちらの方まで飛んで行ってしまった紙を拾ってまいりますね」

そう言って、また落ちている書類を拾うのを手伝おうとして、俺の横にしゃがんで手を差し伸べていた。


わわっ！　それ、重要なやつ‼


今回の結論が書かれた書類に手を伸ばす彼女を見てハッと我に返り動揺してしまった俺。

「ああ、ここはいいですから！」

「あら。わたくし目が悪いので、これに何が書かれてるのか、ちっともわかりませんわ」

俺がにわかに慌てだしたのを見て彼女はピンと来たのか、ニコッと微笑むとそのまま目を閉じ、手に当たる書類を集めてくれた。


何この気遣い！

柔らかい表情で目を閉じる彼女の姿にドキッとする。


……いやいや、でも。


浮かれそうな自分に釘をさす。

善良そうに見えて実はスパイとも限らないだろ。それに、やけに気が利くのもどうだろう。

俺の制服と、さっきの態度から、この書類が重要な物だとわかる者にはわかるからな。……動揺しすぎたのは後でたっぷり反省しておかねば。

俺はときめいたのを打ち消すように、彼女を疑ってみた。

相変わらず目をつむったままの彼女をじっと見る。目を閉じているからテキパキとはいかないものの、できる作業をさっさとこなすと、

「これで全部でしょうか？　ページがバラバラになってしまっていますが、わたくしがお手伝いできるのはここまでですわね」

トントン、と拾った書類を整えて俺に渡してくる。

疑わしいところは、今のところなし。まだ決断を下すには早計だが。

「ありがとう。手伝ってもらって助かりました。後は俺一人で大丈夫ですから」

俺も、感謝の気持ちを込めてにっこり笑い返した。

あ〜これ、も一回執務室に戻って整理しなおさなきゃならねぇな。ページがバラバラだと上官に怒られる。

二度手間……。くっそ、次はシャキッとしてから提出しに行くぞ！　冷水で顔洗って出直すか。

執務室に戻ろうと、俺が踵（きびす）を返したところで。

「あの、大変お疲れのようでございますね」

背中から控えめに声がかけられた。

おや。これは『せっかくお近付きになったんだから、もっと自分を印象付けておこう』的な感じか？


団長ほどではないが、俺もまあまあモテる。自分で言うのもなんだけど。

王宮勤めの女どもから声をかけられることもしばしば。でも今のところそんな余裕もないから全部お断りしている。むしろ仕事の邪魔。

疲れてるって思ったんなら、声かけて引き止めんなよ。


せっかくさっきちょっとときめいたっていうのに。なんか好感度が下がった。

眠気と疲労と、これからの二度手間のことであまり余裕のない俺は、ぶっきらぼうな態度になる。

「大丈夫ですよ」

「かなり顔色がお悪いですよ？」

「ちょっと徹夜が続いてるだけ、寝不足なだけです」

「ならよろしいのですが……。よろしければこれを」

「？」

彼女が何か、ごそごそとする音が聞こえたので仕方なく振り返ると、ちょうどお仕着せのポケットから小さな包みを取り出したところだった。

「疲れた時には甘いものが一番だと、私の父が作って持たせてくれているキャラメレですの。とっても美味しいんですけど、甘いものは大丈夫でございますか？」

「あ〜、うん、嫌いじゃないけど」


知らない人から食べ物もらうのはまずいでしょ。


毒とか入ってたらヤバいしね。

これでもいちおう侯爵家の三男だから、小さい頃からそういう躾（しつけ）もされてきてるわけでして。

騎士団に入ってからもされてきているわけでして。

さすがにもらうのをためらっていると、

「ああ。失礼いたしますね」

彼女はそう言って、俺が持っていたキャラメレをとると、自分の口の中に放り込んでしまった。

「何も怪（あや）しいものは入っておりませんわ」

かすかに甘い吐息で微笑む彼女。

目の前で毒見されてしまったら、もらわずにいられないよなぁ。

「では、遠慮なく」

彼女がもう一粒取り出したものを俺はいただいた。

今度こそ本当に彼女と別々の方向に別れ、執務室に戻る。

さっきのキャラメレをまじまじと見るけど、彼女の食べたものと特に変わった感じもない。おかしな匂いもしない。むしろ甘くていい香りだ。

何より、彼女がそんなことをしないと思う。……って、さっきはスパイを疑ってたけどな。

団長や部下たちに知られたら『なんて無防備な！』と怒られそうだけど、今日の俺は正常な判断ができなくなるくらいに疲れてるんだ。だからこのキャラメレを食べてどうかなっても知らん。

てゆーか、食べたい。

俺は包みを解くと、さっきの彼女のようにポイッと口に入れた。

途端に口の中に広がる甘い香り、まろやかな甘み。

「ほっぺた落ちそう」

思わず独り言を言ってしまうくらいに美味しい。

さっきまでの疲れが吹っ飛ぶような美味さに、彼女を疑う気持ちは霧散してしまった。

＊　＊　＊

「『疑う気持ちは霧散した』とか、何カッコつけて言ってるんですか。要するに『恋に落ちた』ってことでしょ」

「そうそう！」

「もう、副団長ったら、カッコつけちゃって〜！」

「うるせ〜！　カモミール！　アンゼリカ！　アルカネット！」

「「「きゃ〜！」」」

三・ユリダリスの気になるあの子

王宮の廊下で出会ってから彼女が気になりだした俺は、何かと目で追ってしまっていた。

最初はやっぱりちょっとスパイを疑って、報告書の内容が関係者以外に流出していないかを見張るためだったけど、それは杞憂(きゆう)に終わったようだ。彼女は普通の王宮女官だった。

調べてみてわかったことは、彼女はステラリアという名前で、第一王女アルテミシア様付きの女官。そして評判がとてもよいこと。

仕事はものすごく優秀。

わがままな一の姫にもズバズバとハッキリものを言い、言うことを聞かせてしまうらしい。

一の姫だけでなく他の二人の姫、王太子の世話もこなすと聞く。

王妃様からの信頼も厚く、このまま行けば後宮の女官長の座は彼女のものだと噂(うわさ)される。

聞こえてくる彼女の噂はどれも『優秀』だの『しっかりしてる』だの、とてもかわいらしいものではなかった。


でもあの日の彼女はそんな堅物(かたぶつ)には見えなかった、よな。

むしろふわっとした柔らかい感じだったぞ。ずっと微笑んでいたからか？

噂では『優秀な王宮女官（堅物な感じ）』なのだけど、直感的には『柔らかくてかわいい人（俺の独断）』。どっちが本当の彼女か。……すげー気になる。

そしてますます彼女を目で追う日が続いた。


「ディアンツ様！　お勉強の時間でございます。脱出は許しませんよ！」

「じゃあ僕を捕まえて……あっ」

「ちょこざいな。お部屋に戻りますよ」

「……はあい」

今日はやんちゃ王太子と追いかけっこですか。って、追いかけっこもなにも、殿下が彼女に挑戦的なことを言った瞬間に捕まってたけどな！　殿下、もうちょっと粘ってくださいよ。

「ぶっ！　クスクス」

一瞬で終わった追いかけっこを見て、俺が思わず吹き出したら、

「なんだ、気持ち悪い」

隣にいた団長にじとんと見られた。

「いや、なんでも」

「ふうん？　まさかお前……王太子を見て微笑んでいたのか？」

「なわけないでしょ」

「だよな」

顔はかわいい王太子だけど、やることはかわいくないからね。まあ、近衛にでもならない限りあのちびっこのお守りとは無縁だからいいけど。

彼女はもろに殿下の相手をしないといけないから大変だろうな。

しかしあの素早さは驚いたぞ。すばしこい殿下をサクッと捕まえて小脇に抱えてスタスタと部屋に戻って行ってしまったもんな。

ぐずる殿下にも問答無用ってか！　彼女はいい母親になりそうだ。

って、いやいやいやいやいや、何考えてるんだ、俺！

いい母親とか、何言っちゃってんの！

俺はおかしな考えを頭から払拭すべくブンブン振っていると、

「なあ、ユリダリス。お前、本当に大丈夫か？」

ものすごく不審な目で団長に見られた。

「人使いの荒い上司のおかげで過労気味なのはいつものことですから」

「そうか。騎士団長は人使いが荒いとユリダリスが言っていたと報告しておこう」

「ちょ、まて」


団長は団長でもお前のことだよっ！


彼女を観察していると、やっぱりギャップがある。

この間みたいに王太子殿下を捕まえたりする時は厳然としているのに、同僚と一緒にカフェで休憩している時なんかは柔らかい表情で楽しそうに笑ってる。

オン・オフが上手い。


意識しだすと、意外といろんなところで彼女を見かけることに気付く。

王宮内の廊下であったり、庭園であったり。さすが優秀な彼女は忙しくしているようだ。

そして目が合うと挨拶（あいさつ）するくらいには顔を覚えてもらえた。

「ふぅ今日の鍛錬（たんれん）終了。休憩がてらカフェにでも行くか～」

「俺も行きます！」

「俺も！」

「俺も！」

「わかったよ。さっさと汗流して着替えるぞ」

「「「は～い！」」」

騎士団屯所（とんしょ）の共同風呂でさっと汗を流し、着替えて、王宮内にあるカフェテリアに向かう。

「俺何食おっかな～」

「ガッツリいっとく？」

「そうだなぁ～」

部下どもがチラチラと俺を見ながらこれから注文するものを考えている。

「自分の分は自分で払えよ～」

「「「副団長のケチ～」」」

ったく、お前らの考えなんてお見通しなんだよ。

部下と一緒に休憩時間にカフェテリアに行くと、偶然彼女とその同僚たちも休憩なのか、お茶を楽しんでいた。

部下たちが騒いでいたので目立ったのか、彼女がこちらを見た。


目が合ったら挨拶しなきゃな！

俺が軽く会釈（えしゃく）すると、彼女も会釈を返してくれた——微笑み付きで。

仕事中（オン）の凛々（りり）しい顔を知ってるだけに、この休憩中（オフ）のフニャンととろけるような笑顔のギャップの破壊力！　たまらんなぁ。

ついニヤけそうになる顔を気合いで引き締めていると、彼女の同僚たちがこっちを見ていた。ヤバイ。一瞬緩（ゆる）んだ顔を見られて『変な奴がいる』って思われたか？　彼女に『あいつおかしそうだからやめとけ』って言われても困るから、ここは爽やかに（※当社比）同僚たちにも挨拶しておこう。って、彼女以外、まったく知らない女官ばかりだけど。


中途半端な時間なので席は空いていた。

「何にしようかなぁ。給料日前でお財布ピンチ」

「それはみんな同じだ」

「俺、水だけにしようかなぁ」

切ない顔でメニューを覗（のぞ）き込んでいる部下たち。

「仕方ねぇなぁ。俺が……おっ！」

奢（おご）ってやるよと言いかけたその時、カフェの外に団長の姿発見！　ラッキー、お財布が歩……げふげふ、やっぱり部下との交流は大事だからさ、ここに団長も呼んであげよう！

「だんちょ～！　一緒にお茶しましょ～！」

俺が満面の笑みで誘ったら、

「……お前、私を財布代わりにする気だろ」

呆（あき）れのため息をつきながらも俺の横に腰掛けてきた。

超美形・超エリートのフィサリス公爵（団長）がカフェテリアに登場したものだから、先客たちがざわめきだした。特に女性陣は頬（ほお）を染めてうっとりと見つめていたりする。


……あの子は、そんなことないよな。


なんとなくそう思ったのに。

彼女は、目こそハートになっていなかったけど、優しい微笑みを浮かべて団長を見ていた。


なんてこったい！　ステラリア、君もか！


さっきまでのふわふわとした淡い気持ちが、一気に破裂した気分だ。

隣で澄ましてお茶を飲んでいる上司・兼・悪友を横目で見る。くっそ、長い足を優雅に組んで、何しても絵になるな！

「あのう、ユリダリス様」

「はい」

「…………お慕いしております！」

「はあ」


目の前には知らない女官。

昼休みに呼び出されて庭園に来たら、こういうことだった。

見た目もかわいい部類に入る子だと思う。恥ずかしいのだろう、真っ赤になってフルフルと震えてるところもかわいいとは思うけど、この子全く知らないからお慕いされてもなぁ。

それに俺、気になる子いるし。……向こうには相手にされてなさそうだけど。

思い出したら泣けてくるから、今は忘れておこう。

それよりこの子だ。

「う～ん、ごめんね？　俺、君のことよく知らないし、仕事忙しくて他のこと考えられないんだ」

いやマジで仕事は忙しいからね。

南隣のオーランティア国の動向を探るミッションが本格化してきてるから、その準備に追われる今日この頃。まったく、めんどくさい国だ。

しかもうちの上司、仕事に関しては完璧だから、そのご要望が厳しいのなんの……ふぅ。

とにかく、仕事にかこつけてやんわりとお断りをいれる。事実だからな。


最近増えた、こういう告白。正直困るんだよなぁ。


誰かとお付き合いするとなるとちょっとめんどくさいんだよね、うちの部署。

極秘ミッションが多いから、家族や親しい人にも仕事の詳細(しょうさい)は言えない。それを理解してくれる人ならいいけど、なかなかそんな子はいない現実。

「私と仕事、どっちが大事なの？」とか言うタイプは絶対ダメ。


ちょっと困った顔をしながら（実際困ってるけど）ごめんねをすると、たいていの子は『そ、そうですよね！』と引き下がってくれる。あまりきつく言うのも嫌なので助かるんだけど、今日の子はそうはいかないらしい。


「じゃあ、ちょっとのお休みの時に会っていただけませんか？」

「そういう時はしっかり休みたい」

「仕事帰りとか」

「定時に帰ったことない」

「休憩時間に！」

「部下が絡んでくる」

もうわかってくれ～‼

かなり食い下がられてげんなりする。粘ってオッケーもらっても、うれしくなくね？

てゆーかこの子、例のセリフを言っちゃうタイプだと直感した。


「では、友達から！」

「友達にならなってもいいよ」

「友達から」

「友達に」

友達からステップアップはありません。悪しからず。

「……わかりました」

やっと引き下がってくれた。

友達って言っても顔見知り程度だし、そもそもこの子とそんなしょっちゅう顔合わせるとも思わないし。


さっきのやりとりで気疲れしたなぁと思いながら、俺は王宮の廊下を歩いていた。貴重な昼休みが、あの子を説得するのに手間どってすっかり潰れてしまったし。

サンドイッチかなんかをテイクアウトして、食べながら仕事すっか。

屯所に戻る前にカフェに寄ることにした。

腹も減ったし急いでいると、

「あの、お疲れですか？」


後ろから声をかけられた。

また女かよ。

さっきの今で、女に関わりたくないと思ってしまった俺。てゆ～か、疲れてると思ったら声かけんなっつー…………ん？

なんとなくデジャヴを感じつつ、気怠げな感じのまま振り返ると、そこには彼女——ステラリアが立っていた。


うっわ～、俺最悪！　今めっちゃ感じ悪かったよな？　すっげ～ダルそうに返事しちゃったよな？　俺、なんたる失態！

「えっ？　ええ、と？」

自分の態度を猛省したり、頭を抱えたくなる衝動を抑えたり、なんかいろいろパニクってると、

「なんだか後ろ姿がお疲れのようにお見受けしましたもので。不躾でございましたね。失礼いたしました」

困ったように微笑んで、それでも綺麗なお辞儀をして踵を返そうとする彼女。

ちょっと待って～！　俺が悪かったから～‼

「いや、疲れてましたから！　ホント、マジで疲れてるんですよ！」

俺は勢いよく言った。疲れてるやつの勢いじゃないけど、構わない！

俺の元気さに彼女は最初目を丸くしていたけど、小さくプッと吹き出し、

「まあ……。ふふふ。では、よろしければこちらを」

そう言って、前と同じくお仕着せのポケットから包みを出すと、それを俺の手に載せてくれた。


あの時と同じ包み。キャラメレだ。


「疲れてる時はこれが一番、なんですよね？」

俺が包みを見ながら言うと、

「そうでございます」

ふわっと微笑む彼女。

ああ、この微笑（かお）みだ。

キャラメレより、何より癒（いや）される。

「先日もありがとう。とても美味しかったですよ」

「お口に合ってよかったですわ」

「君の言っていた通り、優しい甘さに疲れも吹っ飛んだよ」

君の笑顔を見るだけで元気になれますよ……って言いたいとこだけど俺には無理！　どこぞの上

司ならサラッと言いそうだけど俺には無理！　つーか、いきなりそんなこと言われたら引くよな。絶対引かれるよな。やめといて正解だ。

第一俺のキャラじゃねぇ。

「ああ、よかった。ではそれもぜひ召し上がってくださいませね。では」

俺が内心葛藤（かっとう）している間に、彼女はサラッとお辞儀をして、今度こそ踵を返して去ってしまった。

あっさりしてるなぁ。

まあ、彼女も団長のファンだし仕方ねーか。……まさか。俺に優しくしてくれるのは、下心アリだからか⁉

自分の考えに自分でショックを受けつつも、手のひらのキャラメレを見る。

あの時と同じキャラメレ。キャラメレに罪はない！

俺は包みを解き、口の中に放り込んだ。

美味いんだよなぁ、これ。どこか懐（なつ）かしい味。

しみじみと味わいつつ、疲れとショックを癒した俺だった。

四・ユリダリスの噂

最近続いていた告白がピタリと止んだ。

貴重な休み時間を潰されることなく、相手の気持ちを慮りつつ断るという気を遣わなくて済むから、精神的な疲労はかなり減った。

やっと平和が戻ってきた感じだ。

そして俺の気になっている彼女は。

相変わらず彼女との距離は縮まらないままだけど、それなりに挨拶したりされたり、たまにはちょっと言葉を交わしたりなんかする間柄にはなれた。……って、これ友達でもなんでもない、ただの顔見知りだよな。が～ん。

地味に凹みつつ、今日も仕事を頑張る偉い俺。両腕に抱える書類、これを団長のところに持って行って……。

「あ、副団長お疲れ様で～す。団長なら執務室にいませんよ～」

両手が塞がってるから体当たりでノックしようとしていたところに、通りがかった部下が教えてくれた。

「え？　なんでだ？」

「さっき王宮の薬草庭園に行くと言って出て行きました」

「薬草庭園？　何しにそんなところへ？」

「なんでも、今朝奥様が腹痛を起こされたとかで寝込まれているそうなんです。それで薬草をもらいに行くって言ってました」

「奥様が？」

「奥様が、です」

あの団長が！　〝愛人〟の聞き間違いじゃないかと聞きなおしてしまったぞ。

しかし、奥さんのためにって？　『愛人込みの結婚』だとか、えっぐいことを潔く言ってのけたあいつが？

まあ、奥さんに興味が出てくることはいいことだ。

「…………へぇ」

しかしそれとこれとは別。

俺はドカンと体当たりして団長の執務室のドアを開けると、机の上にどっさりと書類を置いた。

薬草摘んだらお仕事してね～。


団長のところに書類を置いて、自分の机に戻る。

次の調査の依頼、スケジュールの調整依頼、旅費申請の決裁などなど、ちょっと席を外している間にも雑務が新たに積まれていた。

「後から後から湧いてくる～！」

「それだけみんなが仕事してるってことじゃないですか～。ということで、はいこれ」

「カモミール！　お前もか！」

「よろしくで～す」

カモミールは先日の出張レポートを俺の机に置くと、金髪をサラサラと揺らしながら俺の執務室を出て行った。

「あ～もう」

とりあえず俺のところで片付くやつはさっさと終わらせよう。

一心不乱に書類と格闘していたら、

「ふくだんちょ～、お昼行きましょ～」

と、数人の部下が誘いにやってきた。いつの間にか昼になってたとは。集中しすぎていて気付かなかった。

「よし、行くか」

立ったついでに背伸びをし、凝り固まった体をほぐした。


昼はがっつり食べられる食堂に行く。

部下数人と一緒に王宮の廊下を歩いていると、反対方向から女官が歩いてきた。残念ながらステラリアではない。

そういえば最近見かけねえなぁ。

彼女の面影を、同じお仕着せを着ているその女官に重ねて見ていたら、バッチリ目が合ってしまった。

目が合ったけど、顔見知りでもなんでもないから挨拶することもないしなぁ。

気付かないふりしてさっさと通り過ぎようとしたら、女官はニコッと満面の笑みに変わった。

え？　何？　俺何かした⁉　俺、なんかおかしい⁇

急に笑いかけられたら逆にびっくりするわ！　自分の体、おかしいところがないかあちこちチェックするけど、別にいつも通り。なんなんだ？

もうよくわからんし、無視してしまおう。

そう決めた俺はしれっと視線を外し、そして何事もなかったかのようにその場を去った。

その後、同じようなことが何度か続いた。


「はぁ…………」

さっぱりわからん。

俺は騎士団屯所の休憩室で盛大なため息をこぼしていた。

「どうしたんですか、副団長。ため息なんてついて」

「アンニュイですね」

部下が声をかけてきた。

「疲れてはいないけど」

「じゃあ何かあったんですか?」

「彼女に振られたとか?」

「んなんじゃねぇよ! 彼女なんていねぇわむしろ募集中じゃボケェ! ……っと、コホン。いや、何が何だかさっぱりわからないんだが」

「「はあ」」

「最近、やたらと女どもが目を合わせてくるんだ……」

王宮の廊下ですれ違う時。仕事の書類を渡す時。休憩している時……などなど。告白呼び出しがなくなったと思ったのに、今度は無言の圧力が!

俺がげんなりしているというのに、

「え〜、いいじゃないっすか〜! めっちゃ羨ましいっすよ、それ」

なんて無邪気に言う部下。

きっと部下の頭には目をキラキラ輝かせた乙女(おとめ)が浮かんでるんだろうが、現実はそうじゃないんだよ。

「いや、それがさあ、なんつーの? 目力(めぢから)? とにかく迫力あるっつーか、ギラギラしててこえーんだよ。俺、いつか捕まってとって食われそうな気がする……」

知らない女がじ～っと見つめてきた後にニコッと笑いかけてくるんだぞ？　かなり怖いんだぞ？

俺はなんともいえない恐怖を感じて青ざめる。

初めは羨ましそうに聞いていた部下たちだったが、ハッと何かを思い出したような顔になったと思ったら、

「あ、そういやこの間、王宮女官の誰かに『副団長(ユリダリス様)ってどんなタイプが好きか』って聞かれました！」

ポンっと手を打った。

「は？」

王宮女官がなんで俺の好みを部下に聞く？

俺が部下の報告にポカンとなっていると、部下は、

「でもオレ、副団長の好みとかわかんなかったんで、『とりあえず熱心に見つめてみて、副団長が微笑み返してくれたら口説(くど)いてもらえるんじゃないですか～』って答えときました！」

嬉々(きき)として続けた。

「はぁぁぁ⁉」

なんだそれは～⁉　てゆーか、それ、好みのタイプでもなんでもないし！

チャラ男(お)か？　俺はチャラ男なのか！

「あ、そういえば副団長、この間から女の子を振って振って振りまくってるからじゃないですか～？　副団長好みの女の子になろうなんて、健気(けなげ)！」

おお、まさかの自業自得‼


……じゃねえよ！　それを俺は健気とか思わないぞ！

「勝手なこと言ってんじゃね〜よ！　『目が合ったら口説いてもらえるんじゃないですか？』って？

それどんだけ軽い男よ？　人をチャラ男にすんなっつの〜〜〜‼」

ブチンとキレた俺が、ゆらりと椅子から立ち上がる。

「きゃー！　副団長がキレた〜！」

「すんませ〜ん！」

慌てて逃げるフリをする部下ども。

「待てこら！」

追いかける俺。

とまあそんな感じに休憩室でキャーキャーと騒いでいると、

「何を騒いでいる？」


ひょっこりと団長が顔を出した。

秀麗な眉をクイっと上げてる。あ、これ怒ってる？　休憩室とはいえうるさすぎたか？

「こいつらが、俺をチャラ男にしやがったんですよ！」

俺は部下たちを指して、さっきの『目を合わせて～云々(うんぬん)』という話を団長にした。

「オレ関係ないっす！　巻き込まれ事故です！」

「出来心(できごころ)っす！　副団長ばっかモテるのが許せないとか思ってもないです！」

「嫉妬(しっと)かよ！」

女官にガセネタを流した張本人はドヤ顔で言い切ってるし！　もう一人は顔の前でブンブン手を振って自分の無実を訴えてるし。

そんな俺たちを呆れ顔で見ていた団長だが、ニヤッと一瞬笑った。

ん？　なんで笑った？

一瞬だったから、部下は気付いていないかもしれない。

訝(いぶか)しく思って首を傾(かし)げたけど、団長はすぐにいつもの仕事用の顔に戻り、

「そうか、大変だな。……で、さっきお前が机の上に置いていった資料のことなんだが……」

と、手に持っていた書類を俺の方に見せてきた。こいつ絶対『大変』とか思ってない。

「大変とか、めっちゃ他人事(ひとごと)に言いやがって～！」

「他人事だからな」

しれっと答えやがったアナタ正直ですね。ったく。

「……資料の説明してやりませんよ」

「そうか、それは残念だ。じゃあ、後で私の執務室まで来てくれ」

「人の話を聞け～‼」

すっかり『上司と部下』という立場を忘れて、いつもの気安い感じのまま団長につっこんでしま

った。まあ、俺たちのことは部下たちも知ってることだから構わないけど。

俺の叫びをクールに無視した団長は、また俺を見てニヤリと笑ってから休憩室から出て行った。

……なんでまた笑ったんだ？

その日から、女官や女職員たちからの〝目力攻撃〟がピタリとやんだ。

やんだのはよかったのだが、今度は逆に視線をそらされるようになった。いや、かわいそうな子を見る目で俺を見てくる子もいるけど。

『女ども』からの視線を感じなくなったのだが。

「事態が悪化している……」

俺は休憩室で頭を抱えていた。

そう、あれからというもの……。

「はい？　事態って、アノ事態ですか？」

この間の部下が俺のつぶやきを聞いて反応してきた。

「ああそうだ。またお前か？　お前のせいなのか⁉」

前回のガセネタの張本人を、俺はギンっと睨(にら)んだ。

するとこいつは初めポカンとしていたけど、

「オレ、あれから何もしてないし言ってないっすよ！」

慌てて手を振り首を振り否定した。


じゃあ、誰だよ？


「事態が悪化って、どうなったんですか？」

また頭を抱えた俺に部下が聞いてきた。よくぞ聞いてくれたな！

「女どもが目を合わせて微笑んでくるくらいならかわいいものだった、と今なら思える」

「「はあ」」


「今度はヤローどもが見てくるんだよっ！」


「「ええ…………」」

部下たちが引いている。そりゃ引くよな。俺も引くわ。

「ゴツゴツした男が潤(うる)んだ目で見つめてきてみ？　もはやホラーだよ！　いや、かわいい系の優(やさ)男(おとこ)でもダメだけどな！　もうナニコレ拷問(ごうもん)？　新手(あらて)の嫌がらせか!?」

「「わぁ…………」」

俺は固めた拳(こぶし)で勢いよく机を殴(なぐ)った。

部下も想像したのか、冷や汗をたらりと流している。

「女ども〝目力〟なんて比べ物にならないくらい恐ろしい……っ！　いや、これしきで怯(ひる)むな俺！　襲ってきたやつは有無(うむ)を言わさず返り討ちにしてくれる！」

「「副団長かっけー」」

拳をそのままに、俺は決意する。何がなんでも自分の身は自分で守る！

部下たちはやっぱり想像したのか、ガクブルしている。


「おお、ユリダリス、そこにいたのか」


またそこにひょっこりと顔を出した団長。なんだ？　俺を探してたのか？

「何かご用ですか？」

荒ぶる気持ちをいったん収め、仕事モードで答える。

「いや、用というか。あれからどうなった？」

「はい？　あれから？」

団長の言うことがピンとこなくて首を傾げる。

「ああ、女どもが目を合わせてくるって、チャラ男疑惑のことだ。疑惑は払拭(ふっしょく)されたか？」

団長がニヤニヤしながら聞いてきた。

払拭も何も、部下たちは何もしてないって言ってたぞ。そして、俺も何もしていない。

しかし事態は変化していて、さらに悪化している。

それを団長が『払拭されたか？』と聞いてきた。しかもニヤつきながら……嫌な予感しかしない。

俺は恐る恐る聞いた。

「……疑惑が払拭って……？　どういうことですか？」

「例の噂話を耳にするたび『ただし男に限る』と訂正しておいたからな」

団長、それ、仕事場ではめったに見せない爽やか笑顔で言い切ることか⁉　団長のキラキラした微笑みに、周りにいる女がキャァキャァ騒いでるよ！

じゃなくて！

なんてこったい！　今度のネタ元は団長だったのか〜っ‼

「お〜ま〜え〜」

「ん？　違うのか？　ユリダリスはいつも男とばかりじゃれてるから、てっきりそうかと」

「ちげ〜よ！」

「だから女からモーションかけられて迷惑してるのかと」

「ちっげ〜よ！」

さも意外そうな顔して言う団長だけど、天然じゃねえよな。俺はわかってるぞ。これは天然に見せた確信犯だとな！

そりゃさ、部下は男の方が多いから一緒にいるのも男ばっかになるけどさ。気になるのはあの子だけであって、他の女に見つめられてもときめかねぇっつーだけなの‼


「最近のヤローどもの行動、団長のせいですか……」

「そうか、もう早速お前にアプローチしたやつがいたのか。すごいな」

「じゃね～よ！　表に出やがれ剣で語り合おうじゃねぇか」

「どうしたユリダリス。血気盛んだな」

「うるせ～‼」


俺は団長を鍛錬場に引っ張っていき、思う存分剣で語り合った。


いつもなら五分五分なんだけど、あの日の俺は気迫が違った。

「ユリダリスが鬼に見えた」

と団長をして言わしめるほどに。

自分で蒔いた種は自分で回収してもらおうじゃないかサーシスくん？

あれから団長には、せっせと噂話を回収させている。

てゆーかさ、そもそも俺が『ただし男に限る』って、誰か『そんなのウソですよ～』とか、疑えよ！　悲しくなる。

「そりゃ女の子をかたっぱしから振りまくってたら、勘違いされても……ねえ？」

「いつも俺たちと一緒にいるから、そりゃ……」

部下どもがかわいそうな目で俺を見てくるけどやめろ。

男も女も、俺に関するおかしな噂話がようやく鎮静した頃。

久しぶりにステラリアと王宮の廊下で出会った。

パッと目が合ったので、俺はニコッと笑いかけ会釈した。

すると。

彼女はふいっとその視線をそらせてから会釈した。

目、そらされた。うわ、ショック……！

彼女ならえぐいくらいにグイグイきてくれていいのに！

あ〜、やっぱり彼女は団長ファンなのか〜。俺に気を持たせるようなことはしないってね。

地味に凹むわ。

五・ステラリアから見たユリダリスについて

私はステラリアと申します。

王都の使用人養成の専門学校を卒業してからずっと王宮女官として働いています。

フルールの王宮は庶民でも後ろ盾（うしろだて）がはっきりしていれば働けるので、私のような者でもお勤めできるんですね。ちなみに私の場合はフィサリス公爵様という、フルール王国ではこの上ない方が後ろについてくださっています。

というのも、私の父がフィサリス家の料理長を、母が侍女長として長年お仕えしているからなんですね。ですので、私、生まれも育ちも公爵家なんですよ。

使用人として超優秀な両親の背中を見てきた私は、自分も当然フィサリス家で使用人として働くものだと思っておりました。

しかし、専門学校を卒業する頃、『王宮で女官として働いて欲しい』という要請がきました。

すっかり公爵家で働くものだと思っていた私にロータスさんは、

「まあ、修業だと思って我慢してください。いずれこちらに来る時のためだと思って」

と言いました。

よくわかりませんでしたが、ロータスさんがそう言うのです。私は素直に了解しました。

後で聞いたところによると、昔、超優秀だった母さんが就職する時に、王宮に来て欲しかったのを公爵家に取られたとかなんとか。それで、『娘は王宮に』ということだったそうです。母さん曰く、

「王宮よりも公爵家の方がレベルが高いし働きがいがあったから、公爵家を選んだ」

らしいのですけどね。

ということで、王宮で働いております。


ユリダリス様のことは、直接お話ししたとかいうことはございませんが、前から存じておりました。おぼっちゃまの部下のお一人として。

うちのおぼっちゃま……失礼、フィサリス特務師団長に王宮で関わるみなさまのことは一通り把握しております。王宮でおぼっちゃまの身に何かあった時に父――フィサリス家料理長カルタムや母――同じく侍女長ダリア、そして執事のロータスさんに報告しないといけませんから。

そのユリダリス様ですが、おぼっちゃまの部下でとても優秀な方ですし、仕事ぶりだけでなく見た目も整っていて、『素敵だ』とか『かっこいい』と言って騒ぐ同僚や女性職員がたくさんいますから、そういった面でも存じておりました。王宮での人気は、おぼっちゃまと二分していると思いますよ？

完璧に整った顔、超名門貴族、そしてエリートなおぼっちゃまは私たちのような庶民からすれば雲の上の存在。憧れの存在。畏れ多すぎて気軽に声をかけることもできずただ見ているだけです。

かたやユリダリス様は、こちらも名門侯爵家の出身とはいえ三男で、実家にいるより騎士団の宿舎で生活する方が好きという庶民派。身近にいる素敵な存在として、ユリダリス様の方が好感度は高いかもしれませんね。

ちなみにワタシ的には、ユリダリス様はおぼっちゃまの仲良しだという捉え方で認識しております。

おぼっちゃまたちの部署はとても仕事がお忙しいので、ユリダリス様たちもとても忙しそうです。

でもきっと、仕事だけではないと私は思っていますけどね。

おぼっちゃまと、仲良しなゆえのお疲れも。

ええ、フィサリス家の内部事情を知ってる者としては……ね。

だからといって、ユリダリス様を特別意識していたというわけではないのですが。

私の仕事は基本、一の姫様アルテミシア様のお世話です。

わがままを言う姫様をなだめすかし脅して、お勉強させたり立派なレディーになっていただくべく努力していただく。

「さ、姫様、今日はダンスのレッスンでございますよ。先生がお待ちです」

「ええ～？　もうダンスは踊れるからいいわ、パス」

ダンスよりも新しいドレスの意匠を考えたいの～と駄々をこねる姫様。

ダンスはもうできるですって？　笑わせないでくださいまし。

「まだまだパートナーの足を踏んだりなさいますのに、何をおっしゃってるのでしょうか？」

「うっ……」

私がにっこり微笑みながら姫様に物申すと、ぎくっと固まる姫様。

「あの日のパーティーではダイアンサス子爵ご令息の足を踏んでいましたね。他に被害者は一〇人ほど。また別の日はテンポがずれてしまったのを上手くパートナーの方がフォローしてくださいましたね。あの時の被害者は一五人。それから……」

「すみませんすみません！　いますぐ練習します‼」

私がこれまで姫様がやらかした失敗の数々を指折り列挙したら、姫様はダッシュでレッスン室に向かわれました。やればできるじゃないですか。

なんとか姫様をレッスンに追い出せたので、ようやく部屋の片付けと掃除の使用人が入れるわ

……と、ホッとしたのもつかの間、

「ステラリア、女官長がお呼びです。女官長のお部屋に急いで」

同僚が私を呼びに来ました。

女官長のお話は長いから、仕事終わりとかにしてほしいんだけど。姫様がレッスンから帰ってくる前に退散できるかしら？

「わかりました」

まあ姫様を口実に、さっさと切り上げましょう。


王宮内の廊下を、私が女官長の部屋に向かっていた時でした。

廊下の曲がり角に差しかかった時に、反対側から歩いてきた人と出会い頭にぶつかってしまいました。

廊下など、基本は左側通行なので出会い頭にぶつかることなどそうないのですが……？

ぶつかった拍子に私の体がよろめいたのですが、相手の方がとっさに抱きとめてくださったので倒れることもなく無傷で済みました。どなたとぶつかったのかと思えばユリダリス様で、私をかばう代わりに、ユリダリス様が持っていた書類が廊下に散乱するという惨事に。

「すみません！　大丈夫でしたか？」

慌てて私の顔を覗き込んでくるユリダリス様。

男の人に抱きとめてもらったことなど一度もございませんから、ドキドキしてしまいます。ましてや、ユリダリス様のように素敵な方とこんな至近距離でなんて。でも、私、気付いてしまいましたの。

ユリダリス様の目の下に、くっきりとした隈。

ああ、きっとお疲れでフラフラしていらっしゃったのですね。いつもはキビキビと行動する方ですもの。

うっかりユリダリス様に見とれそうになるのを『仕事中です！』と自分で叱咤し、いつもの冷静さを取り戻します。

「ええ、わたくしは大丈夫ですわ。あなた様がかばってくださいましたから。それより、わたくしこそ前方不注意でございました。申し訳ございません」

ユリダリス様は地位も名誉もある方。

こういう場合、ぶつかってきたのがユリダリス様だとしても、私が避けなかったのが悪いことになります。ですので、私は失礼のないように頭を下げました。……これで、ちょっと顔が熱いのが見えなくなって助かりましたが。

しかしユリダリス様は優しい方のようで、

「いいや君は悪くない。謝らないでください」

そう言って私に頭を上げるように言ってくださいました。

威張り散らさない、フランクな方のようですね。さすが、みんなから人気があるのがわかります。

「いいえ。大事な書類が大変なことになってしまってます」

「あ〜。まあ、それは後で適当に拾っておきますから、君は気にしなくていいですよ」

そうおっしゃいますが、ユリダリス様はおぼっちゃまと同じ部署の方。そんな方の持っていた書類が大事なものでないはずがありません。

中には部外秘の重要な書類も混ざっているかもしれません。

ここはやはり素直にこの場を後にする方がいいと考えた私は、一礼してから歩き出し、角を曲がったのですが。

私が動いたのを確認したユリダリス様が、ものすごい勢いで書類をかき集め出したではありませんか。

やはり重要な書類だったのですね。ふと足元に視線を落とせば、ここまで飛ばされてきていた書類が一枚。見過ごすことはできませんでした。

ちょっとだけ、手伝わせていただきます。大丈夫、中身は見ませんから。

「大丈夫でございますか？　わたくし、あちらの方まで飛んで行ってしまった紙を拾ってまいりますね」

先ほど拾った書類はユリダリス様の持っている紙束の上に置き、他の、床の上に散乱した書類を集めようと手を伸ばしました。

私のことをぼーっと見ていたユリダリス様だったのに、急にハッとなったかと思うと、

「ああ、ここはいいですから！」

私が拾いかけていた書類を慌てて回収しようとしました。

ああ、これはかなり重要な書類なのですね。

う～ん、どうしましょうか。このままここを後にするのは気が引けるので……そうだ。物理的に見えなければよろしいのですよね？

「あら。わたくし目が悪いので、これに何が書かれてるのか、ちっともわかりませんわ」

私はそう言って、目を閉じました。これなら安心してくださるかしら？　手に当たる紙らしきものを集めることしかできませんが。落ちてる場所なんて、こっそり薄眼を開けて確認すればいいでしょ？


「ありがとう。手伝ってもらって助かりました。あとは俺一人で大丈夫ですから」

全部拾い終えたところで、ユリダリス様はそう言って元来た方へ戻ろうとなさいました。いったん出直して整理してくるのですね。

でもやはり、さっきよりも顔色が悪くなったような気がします。これでは心配です。

気休めかもしれませんが、少しでもほっと気を緩めて欲しいなと思った私は、いつもお仕着せのポケットに忍ばせている〝キャラメレ〟を取り出しました。これはフィサリス家の料理長をしている父が作ってもたせてくれているものです。『疲れた時は甘いものが一番だからね』と言って。でも実はこのキャラメレ、母さんの好物なんですけどね。うふふ。

私も気疲れが多い職場ですので、休憩時間やちょっとした隙間時間にいつでも口にできるようポケットに入れているのですが、役に立ちそうですかね？

ます。

「あの、大変お疲れのようでございますね」

ユリダリス様の背中に声をかけると、先ほどとは違ってなんだか嫌そうな雰囲気を醸し出してい

「大丈夫ですよ」

「かなり顔色がお悪いですよ？」

「ちょっと徹夜が続いてるだけ、寝不足なだけです」

「ならよろしいのですが……。よろしければこれを」

「？」

私はポケットから取り出したキャラメレの包みを、振り返ったユリダリス様に渡しました。

「疲れた時には甘いものが一番だと、私の父が作って持たせてくれているキャラメレですの。とっても美味しいんですけど、甘いものは大丈夫でございますか？」

「あ〜、うん、嫌いじゃないけど」

でも包みをじっと見たまま動かないユリダリス様。

ああ、見ず知らずの私からいきなり食べ物を渡されても、怪しいとしか思えませんよね。ユリダリス様くらいの人物なら、毒殺ということも考えられますし。

「ああ。失礼いたしますね」

私は一言断りを入れると、ユリダリス様の持っていたキャラメレを取り、自分の口に放り込みました。毒見です。

「何も怪しいものは入っておりませんわ」

いつも変わらぬ優しい味に自然と笑みがこぼれました。やっぱり父さんは天才料理人です。

「では、遠慮なく」

私の毒見に安心したのか、ユリダリス様は改めて渡した包みを自分のポケットにしまうと元の方へと歩き出しました。

かなりお疲れとお見受けしましたが、おぼっちゃまの部下使いが荒いのでしょうか？　今度ロータスさんにチクっておきましょう。


ユリダリス様はあれから私の顔を覚えたのか、王宮内で顔を合わすと挨拶してくれるようになりました。私も姫様の部屋だけでなく、王宮内をあちこちと動き回っていることが多いのですが、ユリダリス様も同じくなようでよく出会います。まあ、広いとはいえ同じ王宮内にいるんですから、当たり前ですね。

今日も、私が同僚と一緒にカフェテリアで休憩をとっているところにユリダリス様が同僚の方数名と一緒にやってきました。

私を見つけると軽く会釈してくれたので、私も微笑んで返します。

いつもユリダリス様は同僚（同じ制服の色だからそうですよね？）の方に囲まれていて楽しそうです。友達が多くていらっしゃるのでしょう。うちのおぼっちゃまとも仲良くしてくださってありがとうございます。お屋敷の使用人を代表してお礼を言っておきますね。

おぼっちゃまはお家柄やらが邪魔をして、本当のお友達というものが少ないのです。アルゲンテア家のご兄弟とユリダリス様だけが本当のお友達じゃないでしょうか？　あらやだ、涙がにじんできましたわ。


同僚の方とメニューを見ながらワイワイ騒いでいたと思ったら、

「だんちょ～！　一緒にお茶しましょ～！」


と、カフェテリアの入り口に向かって声をかけました。

団長？　ああ、おぼっちゃまですか！

その声に反応してカフェテリアに入ってきたのはやはりおぼっちゃまで。

突然のおぼっちゃま（フィサリス公爵）の登場に、私の同僚たちや周りにいる女の子たちが一斉にざわめき（色めき？）立ちました。そうそうお目にかかれる方ではありませんものね。

う～ん、こういう庶民的な雰囲気の場所だと、おぼっちゃまは浮いて見えますね。

でも、おぼっちゃまがユリダリス様や部下（たぶん）の方と仲良くされているのを見ると、ホッとします。安心から頬が緩みます。これもロータスさんに報告しておきましょうか。同僚（部下?）の方と仲良くもしてましたよ、と。

　ユリダリス様はお優しいので、私だけでなく一緒にいる同僚たちにも会釈をしてくださいます。もともと親しみやすい感じの方なので女官や女性職員の間の評判がとても良かったのですが、最近さらに雰囲気が優しくなったと評判になり、ユリダリス様人気が右肩上がりに急上昇しています。おぼっちゃまを抜いてるんじゃないでしょうか。

　私の周りでも、

「ユリダリス様にアタックしてくる！」

「いってら！」

「幸運を祈る！」

　なんて会話がチラホラ聞かれるようになりました。

　それでも全員玉砕して帰ってくるばかり。

　さすがに業を煮やした誰かが、ユリダリス様と同じ部署の方に、『ユリダリス様ってどんなタイプが好きか』と特攻したそうです。パワフルですね。

　そしていただいた答えというのが、

『とりあえず熱心に見つめてみて、副団長（ユリダリス様）が微笑み返してくれたら口説いてもらえるんじゃないですか～』

って。

……案外軽い方だったのですね。やはりおぼっちゃまのお友達です。

人伝（ひとづ）てに聞いたのですが、ちょっとがっかりしました。優しくていい方だとばかり思っていたのに。……って、私、案外ショックを受けている？

あら。どうして？

人伝ての話などいつもなら鵜呑（うの）みになどしないのに、今回ばかりはその真偽（しんぎ）を確かめる気にもなりませんでした。

それからというもの、同僚や職員たちはこぞってユリダリス様の目を見つめて見つめて見つめ倒すという事態になりました。

私はというと、ユリダリス様に対する失望から、会釈すらする気にもなりませんでした。

それでも、いつか誰かが微笑み返されるのかしら……と考えると、ズキリと胸が痛みます。

結局誰も微笑み返してもらったとは聞かないままに時間が経（た）ちました。

すると今度はまた新たな噂話が流れてきました。

『目を見て微笑みかける』のは、むしろ『男に限る』だそうで……。

まさかの、そっちだったとは！

さすがに今回は驚きすぎてがっかりする暇もありませんでした。

しかも、その『ただし男に限る』という話は、うちのおぼっちゃまが言ってるというではありませんか！

ユリダリス様と仲の良いおぼっちゃまが言うことですから、信憑性（しんぴょうせい）が高い。

ですので最近では、『ユリダリス様は男がいいらしい。（男が）見つめて微笑み返してもらえたら口説いてもらえるそうだ』という噂がまことしやかに囁（ささや）かれています。

「ユリダリス様、また男に追いかけられてたよ」

「でも、それはそれで……萌（も）える」

「えっ⁉　そっち⁉」

という声をよく聞くようになりました。ユリダリス様は騎士様としての評判もいいので、憧れている男の方も多かったのでしょう。今回もモテまくっているようです。

しかしこの噂話もすぐに終始符が打たれました。

「あれは間違っていたようだ」と、おぼっちゃま自らが訂正して回っているそうです。

まさかあれは、おぼっちゃまのいたずらだったのですか？

だとしたらとんだ人騒がせな。……これもロータスさんに報告しておきましょう。


おぼっちゃまの戯言が落ち着きを見せた頃、またばったり廊下でユリダリス様と出会いました。

パッと目が合ったからか、ユリダリス様がニコッと微笑んでくださったのですが。

ここにきておぼっちゃまの『ただし男に限る』といういたずらがジワジワくるなんて！

吹き出しそうになってしまい、思わず目をそらせてしまいました。

六・ユリダリス、意外な場所で再会する

おかしな噂に振り回され、気になるステラリアから目をそらされ凹んだ俺。

でもそれは今から思えば平和な時間だった。

隣国オーランティアがフルールに戦をふっかけようとしているという情報をつかんだのだ。

調査と内偵を重ねた結果それは事実と判明し、俺たち特務師団は開戦に向けた工作のために先遣隊としてオーランティアとの国境近くの前線に遠征することになった。


「こんなつまらん戦、さっさと終わらせてさっさと帰るぞ」


御前会議を終えて、俺と団長は屯所に向かって足早に歩いていた。

カツカツカツカツという小気味よい音が、廊下に響く。

今回の任務、団長のやる気がハンパない。

「そうですね、さっさと終わらせましょう」

まあコイツはいつでも家に早く帰りたいやつだけどな、今回はいつも以上に燃えてるっつーか。


例の愛人と別れて以来、奥さん至上主義になった団長。

あんなにひっで〜こと言ってたのに、結局健気でかわいい奥さんに惚れちゃってしまい、ベタ惚れしてたはずの愛人追い出しちゃうんだから人生何があるかわからない。

「長期で家を不在になんかしてたらヴィオラに忘れられかねない！　僕がヴィオラを忘れることなんて一秒たりともないけどな、でもあんまり長いことヴィオラと離れてるのも僕自身辛いし、全力で頑張るぞ」

「…………」

はいはい、ヴィオラヴィオラうるさい。隣でぶつくさつぶやいている団長を横目で見る。

そういや最近、仕事が終わると一目散に家に帰ってるけど……。

「やっぱ最近帰宅が早いのって……」

「もちろんヴィオラに会うために決まってるじゃないか！　これからしばらく会えない時間が来るってわかってるんだ、今のうちにヴィオラをチャージしておかないと！」

「………………」

潔く言い切りましたよコノヒト！

まあ、奥さんに惚れることはいいことだ。

以前二回ほど、部下どもと一緒にフィサリス家に遊びに行ったことはあったけど、あれ以来会ってないか？　いや、潜入捜査してるところに団長が奥さん連れてやってきたっけ。愛人疑惑払拭だとかなんとか言って。

見た目は儚げな美少女だけど、実際会って話してみれば意外としっかりした人だったな。まああの奥さんなら、団長のことを見た目や肩書きで判断することはないだろう。

最初に会った時は、奥さんに団長のいいところをいっぱい吹き込んで団長のことを見直してもらおうと考えたんだけど、綺麗どころトリオのせいでおじゃんになったんだったな。ほんと、あいつらは何やってんだよ。

奥さんは社交が好きでないらしく、めったに夜会などには参加しないからその姿を見る機会が少ないことと、華奢で儚げな美少女という見た目から、俺たちの間……いや、社交界でも『幻の奥様』と言われている。

これまでの印象だと、奥さんはあんまり団長に興味や関心を持ってない感じがした。

普通のお嬢さんなら、あんな美形でエリートで金持ちになびかないはずないんだけど……。奥さん、変わった人なんだろうなぁ。

ああでも、そもそも団長は、そんな見た目のスペックに簡単になびく女には飽きてるからな。そしていっそ、奥さんくらいこいつに関心ない方が、逆に新鮮でハマるのかも。

「前線(むこう)からは手紙を送ろうか。忘れられないよう、毎日でも……」

相変わらず隣でブツブツ言ってる団長。

その気持ち、わからないでもない。俺も早く帰ってきたい、かな。

ステラリアの顔が見たいと思うからさ。

団長の頑張りと、部下の頑張りと、その他実働部隊の頑張りで、戦は短期決戦・フルールの圧勝で幕を閉じた。

ようやくという程でもないけど、二ヶ月半ぶりにロージアに帰ってきた。

長く……はなかったかな。とにかく毎日仕事に追われてあっという間だった。

凱旋の儀式に参加し、たっぷりと休暇をもらって久しぶりの出仕日。

どこかで彼女に会えるかな、と期待していたのだけど全然会わなかった。前は王宮のあちこちで顔を合わせていたのに。

それからしばらく彼女の姿を探す日々は続いたけど、やはりどこにもいない。

最初のうちは『同じ王宮内にいるんだ、そのうちどこかで出会うだろう』なんて楽観的に考えていた。しかし、日が経つにつれそれは焦りに変わる。

以前なら、王太子を追いかけている姿を見かけたりしたのだけど、それすらもなくなった。今も、王太子を追いかけてるのは別の女官。


彼女はどうしたんだろう?

どこか配属が変わったのだろうか?（でも会わないってことはねぇよな）
女官の職を辞したのだろうか?（寿退社だったら俺泣く）
……まさか、病に倒れて臥せっているとか?（実家に帰ってるか?）
気になっていたものの、異動の引き継ぎや新しい部署での仕事に追われていて探す暇もなかった。
団長以下俺たち特務師団員は、近衛部隊に異動になったのだ。

『長い間同じ人間が課報活動をしているのは面割れリスクが上がるからよくない』と団長が陛下以下上官たちに訴え、その願いが聞き入れられて、今度は国内の課報活動を行う部署に配置転換されたのだ。まあ要するに公安だ。

「これでそうそう長期の出張に駆り出されることはない！」

と言った団長（異動後は近衛副隊長）の言葉は聞かなかったことにしといてやる。

異動のごたごたも収まりなんとか新しい部署にも慣れてきた頃、

「ステラリアがいないと王太子様の捕獲が大変」

「姫様も、お稽古に行こうともしないし」

「実家にいても退屈だろうに、またお勤めに戻ってこないかなぁ」

なんて話している女官とすれ違い、俺はステラリアが王宮勤めを辞めて実家に帰ったことを知ったのだった。

俺の力を使えば彼女の実家がどこで、今どうしてるのかなんて簡単にわかる。でもなぜかそれをしたくない俺がいる。

どうしても知りたくなった時に探せばいいか……と思っていたある日。

長い会議を終えたところで、

「よっしゃ～会議終了っ！　今日の仕事はこれで終わりぃ。久しぶりに奥様に会いに行こう！」

「「いいねいいね～」」

会議終了と共に綺麗どころトリオが声を上げた。

「はあ？」

険しい顔で三人を睨む団長改め近衛副隊長だが、

「わぁ～！　姐さんいいこと言いますね～！」

「さんせ～！」

「いいねいいね～」

部下たちが口々に賛成、大盛り上がりになる。

「奥様に会うのって、帰還の儀以来？　そろそろ天使の微笑み効果が切れてきたから奥様チャージしないと……いでっ！」

「なんで、お前が、ヴィオラをチャージする必要がある？　そもそも天使ってなんだ天使って。いや、ヴィラオは天使だけど」

「でっしょう？」

「だからってお前には関係ない！」

「いでで」

副隊長に蹴りを入れられた部下がもんどりうって椅子から転げ落ちた。

それでもめげないのがうちの部下ども。

「ええ～⁉　長い会議の後はお疲れ様の打ち上げはお約束じゃないですか～！」

「誰が決めた、誰が！　百歩譲って打ち上げはいいとしても、それをうちでやる必然性がまったくわからない！」

「「「「ぶーぶー」」」」

副隊長対隊員。

家に行かせろ奥様に会わせろとブーたれる隊員と、ゴゴゴゴ……と音が聞こえそうなブリザードを背負った副隊長。

平行線ですな。

まったく、どっちも大人気ない。

「まあまあ、そうケチケチしないでくださいよ～。たまには部下とコミュニケーションとるのも大事ですよ～」

俺が両者の間に割って入った。って、スッゲー部下よりだけど。

「コミュニケーションとるのとうちに来るのと、どう関係がある？」

「大アリじゃないですか～。打ち解けた雰囲気の中での飲み会は、心の垣根も取っ払う！」

「勝手に人ん家で打ち解けるなっ！」

「細いことは気にすんな！」

「気にするわっ！」

奥さんとの時間を邪魔されるのを阻止しようと頑張りブチブチ切れる副隊長。

俺の援護に勢い付いた部下たちも、

「ほらほら、奥様が帰りを待ってますよ～！」

「帰りましょ、帰りましょ」

「むっ………」

副隊長の背中を押して帰らせようとする（もちろん自分たちも一緒に）。


なかなかしぶといな。ここはもう一押しか。


俺はこのやりとりを黙って、しかし面白そうに見ている人物に声をかけた。

「隊長も一緒にいかがです？　副隊長ん家に遊びに行きませんか？」

「おお、それは楽しそうだ。よし、私も混ぜてもらおうか」

「お～ま～え～、勝手に決めんなよ！　って、隊長まで！」

ニカっと笑いながら隊長を誘えば、面白そうに笑って一発返事をくれた。

カルディオス・ペルマム近衛隊長。

新しく俺たちの上司になった人だが、フルール王国では武家として名高いペルマム伯爵家の当主である。

近衛一筋、国王陛下万歳な三十五歳。普段は温厚ながら、仕事に関しては一切妥協を許さない、堅物で有名な人物だ。ちなみに二男二女のよき父親。

そんな上司が乗り気なんだ、断れるはずないよな？

「なんだ？　私は行ってはダメなのか？」

意外とノリノリで副隊長を責める隊長。堅物って聞いていたけど、案外面白い人なのかもしれないな。

そして上司までが話に乗ってきたので無下に断れなくなった副隊長。

「……いえ、まさか、そんなことは……。わかりました」

「「「「いやっふぅぅぅぅ!!」」」」

副隊長がしぶしぶ了解すると、大喜びで帰り支度をしだす部下たちだった。

久しぶりのフィサリス公爵家。

副隊長がエントランスに入ると同時に俺たちも雪崩れ込む。

「……というわけで、急なお客です。すまない」

「あらあら、まあまあ」

最初は必死に俺たちを食い止め、奥さんにことの次第を説明していた副隊長。

そして、いきなりやってきた俺たちをびっくりしながらも、嫌そうな顔一つしないでニコニコ歓迎してくれた副隊長の奥さん。旦那と反応が全然違うね！


「お前ら、ヴィオラに群がるなっ！」

「「「わぁ～！　奥様いつみてもかわええ～！」」」

「無性に会いたくなってきてしまいました！」

「奥様ぁ！　お久しぶりですぅ」


その後はいつも通り、副隊長の制止を振り切り奥様の周りに群がる隊員の図。

奥さんから隊員を引き剥がすのに必死な副隊長。


あ～、平和だなぁ。


またこんな日が来るなんて、戦頑張って勝ってきた甲斐があったってもんだ……なんて、今日は一歩引いたところからこのじゃれ合いを眺める。だって初参加の隊長がいるからね。

「……いつも、こんななのか？」

「いつもこんなもんです」

エントランスでの騒ぎを苦笑いで見ている隊長に、俺は大きく頷いた。

副隊長が奥さんを奪還したところで、

「ロータス、お客様をサロンにご案内して」

奥さんが執事氏を呼んで指示を出した。

「かしこまりました」

それまで静かに控えていたフィサリス家のスーパー（いや、ハイパーというべきか？）執事氏が、すっと俺たちの前に出てきた。

「みなさまはこちらへ。ステラリア、ご案内を」

「はい。では、こちらへどうぞ」

そう言って一人の侍女の名前を呼んだけど。

ステラリア⁉　今、ステラリアって言った⁉

あまりにさりげなく言われたので聞き逃しそうになったけど、執事氏、今、絶対『ステラリア』って言った！

俺はすぐに執事氏が指した方を見た。

そこには王宮を辞めたというステラリアが、公爵家のお仕着せを着て立っていた。

なんでどうして？

「～～～‼」

俺は声にならない叫びを上げ、思わず彼女を指差して固まる。

「ユリダリス様？　どうかなさいましたか？」

「おい、ユリダリス。どうした？」

奥さんと副隊長が、急に動かなくなった俺を心配して声をかけてきたけど、ごめん、俺、今、パニック。

隊長が俺の腕を掴んで揺さぶってくるけど、彼女が見えねぇじゃねぇか邪魔だよ。

「どうなさったのですかねぇ？」

「さあ？　僕もさっぱりわかりません」

二人して首を傾げていたけど、副隊長にもわからないと知ると、

「旦那様にもわかりませんか～。ステラリア、ユリダリス様をご存知？」

奥さんは彼女を呼び、聞くことにしたようだ。


ここで彼女に『知りません』とか言われたら泣く自信ある。

彼女は俺にニコッと微笑んでから、

「ええ、とても有名な方でございますから存じておりますわ。旦那様の部下の方でいらっしゃいま

すもの。それに、王宮で何度かお会いしたこともございます」

そう答えた。

「あら、そうだったの」

「はい。お会いしたといっても、廊下ですれ違うくらいでございますが」

続けてそう答えた彼女だけど。その答え、ちょっとビミョー。泣きはしないけどさぁ。


すれ違っただけじゃなく、話したこともあるよね？　俺が疲れてそうって、キャラメレくれたよね？　それはなかったことか～い！

……思わず心の中でツッコミを入れてしまった。


そりゃさ、憧れていたフィサリス公爵に、『話したこともあるし、この人にキャラメレあげた』とか聞かれたくないのはわかるけどさ。

友達とまではいかなくとも、顔見知りくらいには昇格（？）してると思ってたんだけど？　それすらほぼなかったことになってるなんて！

あ～そうかいそうかい、俺は単に公爵様の部下ですかい。

なんか色々ショックで固まってしまった俺。


「ユリダリス様？　……旦那様、ユリダリス様をどうしましょう？」

「ほっとけばいいさ」

「はあ」

隊長や部下たちがサロンに案内されて、エントランスから人が消えても動こうとはしない（動けない？）俺は、そのままそこに一人放置されたのだった。

もちろん我に返ってから合流したけどな！

七・ユリダリス、偶然出会う

フィサリス公爵家で、俺はステラリアと衝撃の再会をした。

端的に言って衝撃だった。

まずは、王宮勤めを辞めてフィサリス家の使用人になっていたこと。

憧れていたフィサリス公爵の近くで働けるんだ、きっとこれまで以上によく働くんだろうな。

そして、俺のことが〝顔見知り〟以下になってたこと！

そりゃないよ、ステラリアさん……。

再会したものの、彼女の居場所がわかったものの、なんかモヤモヤしながら時間は過ぎていった。

あれからしばらく経った休みの日。

特にこれといって用事はなかったけど、宿舎でゴロゴロして過ごすのもどうかと思って、久しぶりに街に出かけることにした。街にも別に用はなかったけど、部屋にいても鬱々とした気持ちが延々ループするだけなのはわかってる。それよりも、当てはなくとも外を散歩する方が精神衛生上いいだろと思って。


気軽な服を着て、財布だけを身につけて出かける。あ、短刀はちゃんと隠し持ってるけどこれはノーカンでしょ。

街をぶらぶらと散歩する、というか街に来たのって戦に行く前……あの、副隊長と奥さんを巻き込んだスイーツパーティー以来だな。といっても、あの時だってレモンマートルの菓子屋に直行したから、街中を歩いたとは言い難い。

となるとかなり久しぶりだよな。

いい天気だし、ゆっくり歩いて見て回る。

「あ〜、やっぱり新しい店できてるね〜。うぉ、あそこの飲み屋なくなってる？　けっこう気に入ってたのにな〜」

いい酒をたくさん置いててよかったんだけど、店主はもうじいちゃんだったし引退したんだろう。

ああ、ランタナとジェンがこの間言ってた美味くて安い店はあそこか。今度行ってみるか。

綺麗どころトリオが言ってた、若い娘に人気の店はあそこか。今も行列ができてるけど確かに全員女だな。俺、絶対あそこに並べねーわ。

部下たちの噂話を思い出しながらのんびりと散歩した。

飯でも食ってから宿舎に戻ろうかな。

街の賑(にぎ)やかなところはおおかた歩いたし、軽く飯でも食って帰るか。帰ったら後は昼寝して、明日からの仕事に備えて。

何を食べようかと考えながら歩いていると、ちょうどレモンマートルの菓子屋の前に出た。

戦に出る前、ここで副隊長と奥さんのデートに乱入したよなぁ。って、かなり計画的な乱入だったけど。

そんなことを思い出しながら、ガラス越しに菓子屋の店内を見る。

いつも行列していてなかなか入れないことで有名な店なのに、今日は時間が中途半端だからか、店内には空席が幾つか見られた。だからってこの店にお一人様で入るとか、ちょっと、いやかなり勇気がいる。俺には無理だ。つか、そもそもここ菓子屋だし。スイーツはあってもガッツリとした飯ねぇし。

どっか適当な定食屋を探すか。

そう考えてふと視線を上げると。……ステラリアがガラスに映っていた。

俺のかなり後ろだけど、こっちに向かって歩いてくるのが見える。遠くったって、ガラス越しだって間違うもんか！　……自分で言ってちょっと引いたのは内緒だ。

急いで振り向くと、見慣れた王宮女官の制服でも、先日見たフィサリス家使用人のお仕着せでもない、普段着と思われる清楚な紺色のワンピースを着た彼女だった。


「こんにちは」


俺は先に声をかけた。

「まあ、プルケリマ副団長様。ごきげんよう」

俺に気付いていなかったのか、彼女はちょっと驚いた顔をしたけど、すぐに仕事用ではないふわっとした微笑みを浮かべて挨拶を返してくれた。

小花模様のワンピースが、凛々しい普段と違って優しい雰囲気を助長している。

仕事の時のキリッとした感じもいいけど、やっぱりこういう優しい感じはさらにいいな。

「こんなところで出会うなど、奇遇でございますね。今日はお休みでございますか？」

彼女は俺の服装をサッと見て聞いてきた。

「ええ。せっかくの休みですが、宿舎でゴロゴロするのに飽きてしまって、飯がてら散歩に出てきたところだったんですよ」

「まあ、そうでございましたか」

「ええ……と、君は……」


そうだ、彼女の名前。


本当は知ってるけどそれは調べたからであって、彼女から直接聞いたわけではないことに今さら気付く。

おお～っと、そりゃ顔見知り以下扱いだよな、俺。

俺がまごついたからか、ピンときた彼女はくすっと笑い、

「申し遅れました。わたくし、今はフィサリス家で使用人をしているステラリアと申します。何度もお会いしているのにおかしいですね。以後お見知り置きを」

「あ、ども。ユリダリス・カシュメリアナ・プルケリマです。前は特務師団で副団長やってましたが、先日の異動で近衛の小隊長になりました。あ、でも肩書きとかめんどくさいんで、ユリーと呼んでください」

「ユリー様、ですね」

「はい。君はステラリアというんですね。かわいい名前だ」

「まあ、そんな。わたくしのことはリアとでもお呼びくださいませ」

なんか今さらだけど名乗り合ってペコペコしてる俺たち。

ハッと気付くとおかしくなってきた。

「ぶっ……あははは！　今さらですね」

「うふふふ、そうでございますね」

「リアも今日はお休みですか？」

「はい、そうでございます。女官をしていた頃は忙しくてなかなか街に出ることもできなかったので、久しぶりにこうして歩いていましたの」

「そうだったんですね。じゃあよろしければこれからお茶でもどうです？　ここのカフェ、なかなか美味しいですよ」

俺はそう言って、後ろのレモンマートルの菓子屋を指差す。

「まあ！　ここのお店、女官の間でも評判でしたので一度行ってみたかったんですの。よろこんで」

うれしそうにふわっと笑うステラリアに、俺もうれしくなる。

ここには飯はないけど今日は菓子だけで胸いっぱい……じゃなくて腹一杯になりそうだ。


「先日はびっくりしましたよ。王宮勤めを辞めたとは聞いていたんですが、まさか副隊長の家でばったり会うなんて。——転職されたんですか？」

王宮よりも公爵家の方が待遇がいいとかで、使用人の世界では最難関な就職先らしいが、彼女もその待遇に惹かれて転職したのだろうか？　手のかかる王女王子の世話や、その他にも忙しすぎる環境に嫌気（いやけ）がさしたとか？

俺が何気なく聞いたら、

「転職というか……まあ、そんな感じでしょうか？　いろいろわけありですの」

曖昧に笑って曖昧な答えが返ってきた。

ここは何か深い事情でもあるのか？　聞いていいものなのだろうか？

「でも貴女(あなた)ならどこでも立派にやっていけるでしょう」

あ〜俺のヘタレぇぇぇぇ！　深く聞けずにしれっと流してしまった……。まあいいか。

「そんなそんな」

「王宮での働きぶりを見てたらわかりますよ……って、あっ！」

「？」

なんかめっちゃマズイこと言った！

これって『ずっと見てました』って暗に認めてるよな。ストーカー的発言だよな。

自分の失言にドキドキしていたけど、彼女はわからなかったらしく小首を傾げているだけだった。

セーフ……。

「君が優秀な女官だという噂が俺たちのところまで届いていたということですよ。あのわがまま王女の世話や、やんちゃ王子の相手は大変だったでしょう」

「ふふふ、大変でしたわ」

「あの王女たちを相手にできたんですから、公爵家など楽勝なのでは？」

奥さんめっちゃいい人だし、副隊長も別に手のかかる人じゃないし。

「まさかまさか！　公爵家の使用人はレベルが高くて大変ですの。わたくしなどまだまだ未熟者でございますのよ」

謙遜ではなくまじめに頭を振って否定する彼女。

「君が未熟者って、どんだけ公爵家の使用人のレベル高いんだ……！」

恐るべし、公爵家！

「母の足元にも及びませんしね」

彼女はそう言って苦笑いしたけど。


母って誰？


彼女の母、俺、知らねーし。

わからなくて今度は俺が小首を傾げる番。彼女の話しぶりからすると、彼女の母もどこかの使用人（侍女）をしているってことだよな。

俺が怪訝な顔をしていたからだろう、彼女は「あっ」と言うと、

「申し訳ございません。わたくしの母はフィサリス家の侍女長をしておりますの」

と説明してくれた。

「えっ？」


副隊長ん家の侍女長って、綺麗だけど厳しそうなしっかり者のあの人だよな？

何度も行ったことのある公爵家の、侍女長と言われる人の顔を思い出す。キビキビテキパキと働

き、指示も的確。ニコリともしないご婦人だったような……。

侍女長の顔を思い出してから、改めてステラリアの顔を見る。

う～ん、似てる……か？　仕事中の凛々しい顔……というより、仕事っぷりはそっくりだな！

じゃあ顔は父親似なんだろう。

俺が黙って彼女の顔をまじまじと見ていたからか、

「あまり似てませんでしょう？　わたくし、顔は父親似と言われていますの」

「なるほど」

やっぱり。俺の想像した通りか。

納得したのもつかの間、

「ちなみに父は、フィサリス家で料理長をやっております」

「ええっ!?」

公爵家の料理長!?　何度もご馳走になりました、美味かったです……じゃなくて。

客の前には出てこないから見たことないけど（当たり前か）、腕は超一流の料理長か！　じゃあ彼女からもらったキャラメレは、副隊長ん家の料理長のお手製ってことだよな。

両親ともに超一流の使用人って、ステラリアは使用人のサラブレッドか！

……じゃなくて。

「リアはずいぶん、フィサリス家にゆかりのある人だったんですね……」

「そうでございますね。生まれも育ちも公爵家ですから」

「おお……」

つまり。

「いろんな事情って……」

「まあ、そろそろ修業もいいだろ家に帰ってこい、的な感じでございます」

「おお……」

本当はもっと複雑らしいけど、ザックリ言ってそんな感じらしい。

公爵家の侍女が一人足らなくなったから、ステラリア返してもらうよ~的な感じで公爵家に戻ってきた、らしい。

王宮側としてはステラリアを公爵家に『レンタル』したつもりらしいが、公爵家側としては返すつもりは毛頭なさそう。


この子、どっぷり公爵家の人じゃねーか……。


彼女のことは好きだけど、付き合うとなると嫌でもアノ上司が絡んでくるのが見える。ましてや彼女と結婚するとなると、あの面倒く……ややこし……腐れ縁な上司との縁がますます強固になるのは必至だよなぁ。

未来のことを考えただけでも軽く眩暈がした。

ステラリアの向こうに副隊長の顔がチラついてきた。

そういえば、彼女ってば副隊長に憧れてた、よな？

王宮で副隊長が姿を現した時に見せたはにかんだ笑顔。

……ってことは、まさか彼女の初恋は副隊長とか⁉　そのまま今も恋してるとか⁉

せっかく公爵家の使用人になって副隊長のそばにいることができるようになったというのに、当のあいつはすっかり奥さん溺愛人間になってる。そんなあいつを目の当たりにして、ステラリアは密かに傷付いていないだろうか？

にわかに俺は彼女のことが心配になってきた。主に精神的な面で。

「じゃあ、君はずっと小さい頃から副隊長のこと知ってるんだ」

「副隊長？　ああ、旦那様でございますね？　もちろんわたくしは存じてはおりましたが接点はございませんでしたので、旦那様はつい最近までわたくしのことをご存知なかったんですよ」

何かを思い出したのか、くすくす笑い出した彼女。

「まさか。同じ屋敷に住んでいて？」

「はい。公爵家はとても広うございますから。それに、わたくしの母が〝使用人の子とおぼっちゃまを一緒に遊ばせるなんて滅相もない〟という考えの人でしたので、徹底的に隔離されておりましたの」

「最近知ったって？」

「はい。わたくしが奥様付きの侍女になったので、ご挨拶した時にようやく」

「すげーな、あいつ」

使用人のこと知らねーとか……って、俺だって実家の使用人のこと全部知ってるわけじゃないから、そんなもんか。

「副隊長が奥さんと仲良くしてるのを見て、その……リアは大丈夫？」

「なぜですの？　とても喜ばしいことではないですか」

俺の気を遣った（つもりの）質問に小首を傾げるステラリア。

「いや、まあ、その、君が副隊長のことを憧れの眼差し（まなざし）で見ていたから……」

さらに勇気を振り絞って言いにくいことを言ったのに。

「まさか！　わたくしがおぼっちゃまを、ですか？　そんなのありませんありません！」

ほほほほほ、と軽く笑い飛ばされた。

「でも、ほら、王宮でも微笑みながら見つめていたでしょ？」

「さあ？　ああ、でも、おぼっちゃまが同僚の方と仲良くされているのを、いつも微笑ましく見守っておりましたけど」


まさかの身内の眼差し〜‼


そっか。俺の勘違いだったのか。そっかそっか。

「そうだったんだ……」

「まだ少ししか公爵家にお仕えしておりませんが、わたくし、おぼっちゃまよりむしろ奥様の方が好きかもしれませんわ」

「そっすか。……〝おぼっちゃま〟よりも？」

「はい！」

　ニコッと笑って返事するステラリア。

　即否定にホッとした。


　美味しいお茶とお菓子を堪能し、そして心の中にもやもやとくすぶっていた気持ちがすっきりした、楽しい時間はあっという間に過ぎて。

「今日はこうしてお茶にお誘いくださり、ありがとうございました」

　いよいよ別れの時間。

　ステラリアはいつも通りきちんと頭を下げ、お礼を言う。もちろん今日のは全部俺のおごり。これくらいお安いもんさ。

「あ～、えっと。また休みが合えばこうして会ってくれますか？」

　せっかく名前も名乗ってお友達に昇格したんだ（たぶん）、この機会を逃してはいけないと思った俺は、次の約束を取り付けることにする。

こんなことしたことないからスッゲー緊張する。

ドキドキしながら返事を待つ間って、長く感じるもんだな。これで断られたら部屋に帰って布団をひっかぶって不貞寝（ふてね）だな。

返事を待つ間もじっとステラリアを見つめていると、

「よろこんで」

いつもプライベートな時に見せる、ふわっと柔らかい微笑みでいい返事をくれた。


やっぱめっちゃかわいい。


こんな反則的な笑顔を見せられたら、彼女に付随する何もかも（上司とか上司とか上司とか）どうでもいいわと思えてくるから不思議なんだよなぁ。

「じゃあ、次の休みは……」

そうして次の約束を無事に取り付けた。

休みの日なんて、いつもなら特にやることなくて普段の疲れを取るためにひたすらダラダラしてるだけなのに、約束一つでスッゲー待ち遠しくなるもんなんだな。

公爵家の近くまで送ってから彼女と別れた。

帰り道。

ヤバイ。今ごろになって『おぼっちゃま』がジワジワきてる。

八・ユリダリスの恋の障害？

街中でバッタリと会いお茶をしたあの日から、休みが合えば一緒に出かけるようになった俺とステラリア。まあほぼ俺が彼女の休みに合わせてるんだけど、気にしない。


「人気の芝居の招待券が手に入ったから、今日はお昼を食べてからオペラ宮へ行こうか」

「まあ！　ユリー様、ありがとうございます。それはどんなお芝居ですの？」

「『侯爵様と子爵令嬢』。喜劇だから楽しめるでしょ」

「オペラ宮など、わたくしのようなものが入ってもいいところなのでしょうか？」

「大丈夫だよ。リアはいつもきちんとした綺麗な服を着てるじゃないか」

お互いをごく自然に『リア』『ユリー様』と呼び合うくらいには仲良くなれた。もはや『顔見知り以下』とは言わせねぇよ！（根に持ってないよ）
並んで歩くけど、ほどよい距離を保ったまま。手も繋がないもどかしい距離。

これでは完全に『友達以上、恋人未満』だ。

会えば会うほどステラリアのいいところが見えて好きになる自分がいる。

さすがにこの距離に焦れてきた。

このままじゃいかんよな。ここは一発、奮起するところだよな。

俺も男だ、ちゃんと彼女に告白しようと決意した。


決戦は次の休み。

告白するんだから、どこかあまり人に聞かれないところがいいけど、かといって人気のない所も危険だしよくない。

広い公園でも……ああ、ローニュの森がいいか。

王都ロージアの中心街の外れにあるローニュの森は広大な森林公園で、貴賤・老若男女を問わず人気の憩いの場所。適当にベンチがあったり芝生が広がったりしていてスペースが広いから、よほどデカイ声で叫んでいない限り他人に話を聞かれる心配はない。

俺たちもよく散歩したりしているし。

次の休みは昼ごはんを食べてからローニュの森を散歩しますか。……そして、正式に、ステラリアにお付き合いを申し込もう！

俺は決戦の場所を決め、覚悟も決めた。


小洒落たレストランで昼食をとり、その後ぶらぶらとローニュの森に向かって歩く。

「話したいことって、なんですか？」

「ん～、まあ、後で。それより今日はいい天気で気持ちがいいね」

「はい。絶好の散歩日和ですね」

本題はうやむやにかわしながら、俺たちは歩く。

本当はすっごい緊張してるんだけど、そうとは見せないように気をつける。余裕あるように、いつも通りに……って、余計に緊張してくるわ！

……ふう、ちょっと落ち着こう、俺。

深呼吸でもして。

「ふぅ」

「？　ユリー様？　お疲れですか？」

「いや、さすがにこの距離で疲れないから」

まだレストランを出てちょっとしか経ってないからね。これでも毎日鍛錬してる騎士だし。

いきなり深呼吸なんかしたもんだから、彼女に心配された。

ローニュの森に着いてしばらく、遊歩道に沿って散歩する。

普段はどちらかというと早足な方だけど、この時ばかりは彼女の歩調に合わせてゆっくり歩く。

忙しい日常を忘れる時間。

特に、大変な仕事の後はなおさら。


先日起こったオーランティア王太子による『フィサリス公爵夫人拉致未遂事件』。

先の戦の敗戦国であるオーランティア国が、終戦記念と友好の印にと『王太子妃』と『王太子妹の婿』を探しにフルールにやってきたのだ。ただでさえめんどくさい感じだったのが、やっぱりとんでもないことをやらかしやがった。

王太子が副隊長の奥さんを見初めて妃にするために拉致ろうとしたのだ。

これは奥さんのハンパない抵抗によって阻止されたけど、後の処理が大変だった。


「この間の騒動は大変だったよ。で、奥様の怪我の具合はどう?」

「少しずつ快方に向かってますけど医師様から絶対安静と言われてますので、みんなで見張っているところですわ」

「そう……」

見張るって。

まあ、活発そうな奥さんだもんな。

王宮内を走って逃げ回った挙句、ガタイのいいオーランティア王太子を投げ飛ばすことができる……あの華奢な体のどこにそんな力を秘めてるんだろう？

「旦那様が嬉々として奥様のお世話をなさってますわ」

「あ〜、だろうねぇ。仕事もさっさと終わらせて一目散に帰って行くし」

まあ、オーランティアの無血開城までは情報待ちだけということもあったけど、

『では、私は帰る』

『あれ、部下からの報告待たないんですか？』

『どうせ明日にならないとわからないだろう。それよりも私は帰ってヴィオラの世話をしないといけないからな』

『そんなキリッとした顔で言われたら止められんねぇわ』


報告は確かに夜遅く、もしくは日付の変わる頃にしか来ないから次の日でもいいんだけど。颯爽と帰って行く副隊長の背中を部下と一緒に見送った。

「最近では庭師長のベリスが車椅子を作ってくれたので、それでお屋敷の中を移動されてますのよ」

「それはよかった。王太子と妹の方の処遇も決まったし、やっと落ち着いたかな。そうだ、妹の方は姫様付きの下働きになったよ。厳しい監視付きという条件だけど」

「まあ、そうですの！　それで、どの姫様の？」

「三人だ」

「それは大変厳しい処遇ですわね！　『厳しい監視』よりも姫様の目の方がよっぽど厳しそうでございますけどね。うふふふ。それでもうちの奥様にしたことは帳消しにはできませんけど。まあ、しっかりこき使われるとよろしいですわ」

　ふふふ、と笑うステラリアの笑みが黒いのは気のせいか？　……公爵家の人間って、本当奥さん好きばかりだから仕方ないか。かく言う俺もだけど。


　その他にも最近の出来事など、他愛（たわい）のない話をしながらぶらぶらと歩いているけど……肝心の話が切り出せない！

　機会をうかがっている間に森を抜けてしまい、広場に出てしまった。

　芝生の広がる広場には、花壇があったり池があったりとゆっくりできるスペースになっている。

「ちょっと座ろうか」

「はい」

　俺は遊歩道脇にあるベンチへとステラリアを誘（いざな）った。

　間を開けたらまた言い出しにくくなるから、俺は座ってすぐに覚悟を決める。

「回りくどいことは嫌いなんで単刀直入に言うけど、ステラリア、結婚を前提に僕とお付き合いしてください」

ズバッと直球勝負。

俺は彼女の目をまっすぐに見ながら告白した。

驚きからか、そのグリーンの瞳を一瞬見張ったステラリアだったけど、スッと立ち上がると、

「お断りします」

ぺこり。俺に頭を下げてきた。
瞬　殺。

え、うそ。断られた？　しかも間髪入れず⁉

今までいい感じにデートしてきたのはなんだったんだ？　まさか、嫌々付き合ってくれていたのか⁉


まだ頭を下げたままの彼女のつむじを、俺はボーゼンと見つめる。

断るならまあ、それはいい。でもちゃんとした理由聞かないと、納得できない。

「……ええ、と、リア？　どうしてか、理由を聞かせてもらってもいいかな？」

俺はなるべくいつも通りに聞いた。気を抜いたら声震えそう。

「こうしてお戯れにお付き合いするのは大丈夫でございますが、正式な、ましてや結婚を前提と

したお付き合いとなると、やはり身分差というものを考えてしまいますから」

顔を上げたステラリアは、いつもと少し違う、弱々しい微笑みで答えた。

た、戯れって！　ちょ、どういうことだよ？

「いや、ちょっと待って！　身分差云々とかは今は置いといて。まさか、今まで俺がリアをデートに誘っていたのは『ただの気まぐれ』だと思ってたの？」

「……ユリー様のように地位も名誉もあるお方が、一介の使用人にすぎないわたくしに声をかけるなど、ありえませんもの」

……頭抱えたくなった。俺の（必死の）アプローチはそんなふうに思われてたなんて！

ショックで愕然とするものの、よく見るとステラリアは切ない悲しそうな顔をしている。

本当に俺のことをなんとも思ってなかったら、そんな表情、しない、よな？

彼女の顔を見てたら、俄然ファイトがわいてきた。

俺の誘いが〝戯れ〟だって？　んなわけないだろ。ここで引き下がったら本当に『気まぐれ』だと思われちまう冗談じゃねぇ。

こうなったら意地でも俺の本気をわからせてやる。俺の本気なめんなよ！

「戯れとかじゃないから！」

「えっ？」


俺はステラリアの手を取ると握りしめ、その目を見つめた。

グリーンの瞳が揺らぐ。

「フルールでは、よっぽどじゃない限り身分差なんてあまりうるさく言われないでしょう？」

「それはそうですが。世間はともかく、わたくしも、両親もよしとしませんわ。――一流の使用人のプライドにかけても」

「そのプライドは尊敬に値するけど、今は邪魔なだけだよ。俺は確かに侯爵家の人間だけど三男だしすっかり放置されてるから、誰と結婚してもうちの両親は喜ぶんだけど」

「それが使用人とだなんて、話は別でございましょう？」

あ～言えばこ～言うなぁ、リアは。

俺が必死に言い募っ（いつの）てるのに、全然頷いてくれない。反論してくる。

仕方ない。あんまこれ、言いたくなかったんだけどなぁ……。

俺は最後の切り札を出す。

「親兄弟からも、『〝嫁〟は〝男〟じゃなければ誰でもいい』って言質（げんち）は取ってます！」

自分の口から言いたくなかった～！　でもそんなこと言ってる場合じゃねぇし。

「あっ…………」

彼女もアノ騒動を思い出したのか、笑いをこらえた微妙な表情になった。

……さっきより雰囲気が良くなったからよしとするけど、自分で黒歴史掘り返すとか、どんな拷問。

〝アノ噂〟が王宮内を駆け巡った時、うちの親や兄上たちが早速聞きつけ、俺は実家に呼び出された。


『お前が、男を好むという噂がまことしやかに流れているのだが……』

『ぜんっぜん違うから！　それ、うちの上司の冗談だから！』

『本当だな？』

『本当ですって！　ああクソッ！』

『ユリダリス。私たちは身分とか全然気にしないよ。でもお願いだから〝嫁〟には〝女の子〟を連れてきてくれ』

『当然です‼』


〝嫁は女の子を〟と父上に懇願された。もちろんそこにいた母上や兄上たちもこぞって頷いている。

あの日の光景を思い出して、俺が遠い目をしていると、

「その節は、うちの旦那様がご迷惑をおかけしました」

苦笑いで頭を下げるステラリア。いや、君が悪いんじゃないからね！

「あれはもう終わったことだからいいけど、そういうことだから、身分とか気にしなくていいの」

「でも……」

「使用人っていうけど、リアはあの公爵家の使用人だよ？　それだけじゃない。両親ともに公爵家の使用人って、よっぽどそこらにいる庶民より身元が保証されているじゃないか」

公爵家の使用人は、身元がはっきりしていないとなれない。

それはかなり厳しく調査されるので、『公爵家使用人＝身元のしっかりした一般人』ということで、世間的には理解されている。

「それはそうでございますけど……」

困ったように瞳を揺らすステラリアに「もう一押し！」と手応えを感じる。

「じゃあリアは俺のことが嫌いなんですか？　本当は嫌いだけど、俺の方が身分も上だし断れないから嫌々付き合ってたとかなら、俺もすっぱり諦める」

俺はまた直球を投げた。


「…………」

頼む！　ここは『うん』と言わないでくれ！

祈るような気持ちで彼女を見つめる。

「身分とか、そういうの抜きにして、リアの気持ちを聞きたいんだけど？」

「…………」

「俺が〝おぼっちゃま〟のお友達だから付き合ってくれてたの？」

「それは違います！」

あまり彼女を追い詰めるようにするのはよくない。俺がわざとゆるい感じで副隊長のことを言うと即否定してきた。

ああ、ほら。

「じゃあ？」


「…………お慕いしております…………」


耳まで真っ赤になりながら、それでもまっすぐに俺を見ながら答えたステラリア。

めちゃかわいい。あ～もう最高にかわいい。

「それが聞きたかったの！」

俺史上最高の笑顔で彼女を抱きしめる。

「でも、両親がなんと申しますか……」

腕の中で不安そうにしてるけど、そんなのぜんっぜん問題じゃない。

「大丈夫、リアの両親は俺が説得するから！」

なんとなれば『親友』（と書いて悪友と読むんだけどな）を使ってでも説得するし。

あ～、今日はなんていい日なんだろう。

＊＊＊

その頃、フィサリス公爵家では。


「はっっっくしゅん！」

「あらサーシス様、お風邪ですか？」

「いや？　……なんか誰かに名前を呼ばれたような気が」

「ふうん？」

「気のせいか」

「気のせいでしょう」

九・ユリダリス、外堀を埋めにかかる

思い起こすこと数ヶ月前。

「お前、ほんっっっっとうに男が好きとかじゃないだろうな？」

最初に俺に詰め寄ったのは、長兄。

その日、プルケリマ侯爵家の居間には、プルケリマ侯爵家の面々が全員集合していた。

侯爵夫妻、長男夫妻、次男夫妻、そして俺。

『久しぶりに家にも顔を出しなさい』と父侯爵からの命令でしぶしぶ顔を出したのだが、どうやら王宮での噂（『ただし男に限る』事件）を心配した家族による『ことの真相をただそうの会』だったようだ。

「本当に違いますから！　あれはフィサリス公爵がガセをバラまいたんですよ！」

腕を組み、こちらをじとんと睨んでいる長兄に向かって俺が説明すれば、

「火のないところに煙は立たないからね」

そう言って長兄の横でメガネを中指でクイッと押し上げているのは、インテリ眼鏡な次兄。

「火種も何もありませんよ！　あ〜〜〜っあのヤロ〜っ‼」

噂を信じてかわいい実の弟の言うことを信じないのか兄ちゃんたちよぉ〜っ！

まだ疑いの眼差しを向ける兄たちに、俺は頭をかきむしる。

あのヤロウ、とんでもない噂を広めやがって〜。しかも気になるあの子には目をそらされるし。

ぐあぁぁぁ〜！　と俺が吠えていると、

「……嫁は女の子がいい……」

シュンとしながら父上が言った。

「当たり前のことをしみじみと言わんでください父上‼」

俺がキッと父上を睨むと、その横では、

「あまり偏見は持たない主義なんだけど……ちょっとそれは私の守備範囲を逸脱してるわ」

頬に手を当て、途方にくれたように言う母上。

待って、二人とも。二人の中で俺の男色疑惑が確定してね？

もはやカオス。

「母上まで！」

さすがにがっくりうなだれたわ。

そんな、途方にくれる両親を見て、長兄がやれやれとかぶりを振っている。

いや、だから、誤解だって言ってるでしょ。ちょっとは信じてよ。

「お前、もうこれはちゃんとした女を連れてこないことには疑いが晴れないからな」

「連れてきますよ！　そしたら信じてくださいよ！」

俺が啖呵を切ると、

「ああ、信じるさ！　もうこの際身分とか全然気にしない。女の子を連れてきてくれ頼む」

父上の言葉に、母上、兄二人、そして兄嫁二人が深く頷いたのだった。

「ユリーおじちゃま、かわいいお嫁さん連れてきてね」

甥っ子が俺の上着を引っ張りながら、お願いしてきた。

「よ～し、待っとけよ！」

これは逆に、いい風が吹いたのかもしれない。

そして先日。

ようやくステラリアに告白し、『結婚前提のお付き合い』を了承してもらえた。

彼女は身分差のことを気にしているようだったけど、そんなの問題じゃない。なにしろ両親兄弟からも『女の子だったらオッケー』という言質をもらってるからな。


ステラリアから返事をもらったその足で、俺は一人実家に向かった。鉄は熱いうちに打て、だ。


「おお、どうしたユリダリス。呼びもしないのに帰って来るなんて珍しいじゃないか」

普段仕事が忙しくて実家に寄り付きもしない俺が、呼ばれもしないのに帰ってきたもんだから父上が目を丸くした。あまりに俺が帰ってこないから、たまに〝生存確認〟と称して実家に呼び出される。いい歳した息子なんだから、それは過保護というもんだと思うけど。

「今日は報告がありましてね」

「なんだ？　嫁か？　嫁の話か⁉」

父上の顔が期待と不安のない混ざった顔になる。む。まだ信用しきってないのか。

「そうですよ。やっと結婚の承諾（しょうだく）をもらったので、報告に来たんです」

「…………それは女の子か？」

「まだ言う！　そうですよ、れっきとした女性ですよ」

おずおずと聞いてくる父上にムッとしながら答えたら。

「おおおおお！　それは良かった！　おおい、お母さん！　ユリダリスが女の子のお嫁さんをゲットしたそうだぞ～！」

大喜びした父上が、大声で母上を呼んでるし。どんだけうれしいの。

「ちょっとは彼女の話を聞いてくださいよ。ロクでもない女だったらどうするんですか」

「いやいや、お前が選んだ女の子だ、ロクでもないわけがないだろう。まあでもその子の話は聞きたいから、晩餐を食べながら聞こうじゃないか」

ということで、急遽実家で晩飯を食って帰ることになった。

「ステラリアといって、つい最近まで王宮女官をやってたんですが、先日王宮を辞めて、今はフィサリス家で公爵夫人付きの侍女をしている人です」

「おお、王宮とフィサリス家とは！」

「彼女の両親も、フィサリス家の料理長と侍女長をしています」

「それはもう、申し分のない身分証明だね」

「そうです。身分としては一般庶民ですが、気にしませんよね？」

俺はいちおう確認しておく。『女の子なら誰でもいい』って言ったのはそっちだからな。

「もちろん気にしないさ！　庶民といっても王宮やフィサリス家で働けている人なんだし、文句はないよ」

父上はあっさり頷いてくれた。よし。

「彼女は仕事もできますし、気遣いもできる、とてもいい女性ですよ。父上たちもきっと気に入ると思います」

「そうかいそうかい。それで、その子をいつこちらに連れて来てくれるんだい？」

「彼女も仕事がありますので、いつこちらに来れるのか確認してから父上には連絡します」

「待ってるぞ！」


父上快諾。

これで俺サイドの承諾は得た。後はステラリアをうちに連れて来て、両親に会わせるだけだ。

根回しって大事だよな。


「父上も母上も快く承諾してくれたよ」

俺は先日の家族会議の話をステラリアにした。

「わたくしがただの使用人だとわかっても？」

「ああ」

「両親ともに使用人だとわかっても？」

「むしろ身分証明になったくらいだよ」

「まあ……。侯爵様ご夫妻は寛容なのでございますね」

「ま、俺自身が貴族っていうより一介の騎士みたいな扱いだからね」

「まあ、ふふふ」

ただの騎士と侍女の夫婦なんて、王宮では珍しくもなんともないからね。

そう考える方が彼女の心の負担は軽くて済むかもしれない。

「とりあえずリアを家に連れてこいって父上がうるさいから、ちょっと顔だけ見せてやって。見せるだけでいいから」

ちゃんと女の子ですよ～って。違うか。

「まあ、そんな。きちんとご挨拶させていただきますわ」

さすがはまじめなステラリア。キリッとした仕事モードの顔になっている。

いくら父上が侯爵といっても、普段から陛下や王妃様、公爵を相手にしてるんだ、今さら腰が引けることもなさそうだ。王宮での作法も身についているし、じじいからちびっこまで相手にすることもできるし。社交的には完璧だよな。


そしてまた数日後。

俺はステラリアと一緒に実家に行った。


「こんな服で大丈夫でしょうか？」

「全然大丈夫！　むしろかわいい」

「もうっ！」

今日も紺色だけど、襟と裾に白いレースあしらいがあるだけのシックで上品なワンピース。清楚な彼女によく似合ってる。これならどこぞのお嬢様だと言われても納得してしまうだろう。


「おお！　その娘がお前の嫁になる娘かい？」

俺たちが部屋に入るなり、父上が、座っていた椅子から立ち上がり声をかけてきた。

「まあ待って、落ち着いてください」

駆け寄らんばかりの勢いの父上を俺が制すると、横でステラリアが、

「お初にお目にかかります。ステラリアでございます」

優雅な仕草で頭を下げた。さすがは王宮仕込み、所作が洗練されている。

「顔を上げてちょうだい。その綺麗な顔をよく見せて？」

「失礼いたします」

母上の言葉に顔を上げるステラリアに、両親はにっこり満面の笑みを見せた。どうやら彼女の第一印象はいいみたいだ。

庶民でもいいと承諾を得ていたけど、やっぱり気に入ってもらえるかどうか心配していた俺が密

かにホッとしていると、

「よ〜し、でかしたぞユリダリス。ついさっきまで男を連れてきたらどうしようかと本気で悩んでいたんだが、ちゃんと女の子じゃないか！」

上機嫌で言う父上。って。

……まだ疑われてたのか！

あれだけ散々違うって否定してたのに……っ！　なんてこったい。

「当たり前ですちゃんと何度も言ったじゃないですかっ！」

俺の心配返してくれ。ステラリアを気に入る以前の問題だったのかよ。

「いやいや、やっぱり直接会うまで心配でなぁ。それで、ステラリアはフィサリス家で使用人をしていると聞いているが」

「はい。公爵夫人のヴィオラ様にお仕えしております」

「その前は、確か王宮で女官をしていたのよね？」

「はい。第一王女アルテミシア様にお仕えしておりました」

上機嫌でステラリアに話しかける父上母上。そしてステラリアも、物怖(ものお)じすることなく堂々と受け答えしている。やっぱり王宮で高位高官(おえらいさん)を相手にしていただけある。

彼女をかなりお気に召した両親は、放っておいたらいつまでも質問攻めにしてしまいそうだ。このままだとさすがにステラリアが疲れてしまう、そろそろ止めないと。

「で、これで本当に女性だとわかったでしょう？　結婚してもいいですよね？」

俺は父上に聞いた。最終確認だけど。

「おお、いいとも！」

父上も即答した。

これで後はステラリアの両親に許しを得るだけだ。

俺が心の中でガッツポーズをしていると、

「まあそもそもユリダリスが選んだ人だもの、反対するつもりもありませんでしたけどね」

クスクス笑いながら母上が言った。

「父上、母上、ありがとうございます！」

とりあえずホッとしたら、みんな自然と笑みが浮かんできた。

「ステラリアは、みんなになんて呼ばれているの？」

母上がステラリアを側近くに呼んで話しかけた。

「リアと呼ばれております」

「あらかわいい！　リア、よろしくね。私のことはもう『お義母(かあ)さん』と呼んでね。それと、ユリダリスには兄が二人いるんだけど、その兄のお嫁さんたちもいい子だから、きっと仲良くできると思うわ」

「はい。わたくしは弟しかおりませんので、兄姉ができるのはとてもうれしいですわ」

「今度はリアの両親にご挨拶に行かないとな」

はにかみ、それでもうれしそうに微笑み母上と話すステラリアの肩を抱き寄せた俺がそう言うと、

「え？　ユリダリス？　まさかアナタ、リアのご両親に挨拶もまだだった……とか？」

にわかに母上の機嫌が怪しくなった。

「え、っと、母上たちが早くステラリアに会いたいとせっついたので……」

身分とかにこだわってた彼女を安心させるためにも、うちの両親に会わせる方が先だと思ったんだよ！

それでもステラリアの両親に挨拶が済んでないことは事実なので、俺がしどろもどろになっていると、

「さっさと挨拶してきなさいっ！」

母上に一喝（いっかつ）された。

ごめんなさい。

「すみません！　早急にステラリアのご両親に会う段取りつけます！」

「そうなさい。ああ、その時は粗相のないようになさいよ」

すかさず母上から鋭いツッコミがきた。

「わーかってますよ！　リア、ご両親に都合のいい日を聞いておいてくれ。ああそれから、今度騎士団のパーティーがあるから一緒に行こう。いいお披露目（ひろめ）にもなるし」

「えっ⁉」

ご両親に挨拶して、職場にも俺が婚約したことを披露(ひろう)して……と、次々に段取りを決めていく俺に目を丸くする彼女。ごめんごめん、性急すぎたかな。でも善は急げだ。

「大丈夫大丈夫！　騎士団主催だから副隊長と奥様も来るし、寂しくないよ。それにあの奥様ならスッゲー祝福してくれるだろう」

すっかり外堀を埋める気満々の俺に、まだちょっと心の準備が追い付かない様子の彼女だけど、徐々に追い付けばいいさ。

こうしてステラリアは、プルケリマ侯爵家(俺の実家)に受け入れられたのだった。

一〇・ユリダリス、お決まりのセリフを言う

プルケリマ家に連れて行ったおかげで、ステラリアの『身分』コンプレックスは消えた。うちの両親、彼女のことめっちゃ歓迎してたもんなぁ。あれは絶対に俺よりもリアのこと大事にすることが目に見えてる。実際兄嫁たちも、兄たちより大事にされてるし。

次はステラリアの両親だ。


俺的にはこっちの方が数倍緊張する。

もしも反対されたら……その時は潔く『フィサリス公爵(悪友)』を使わせてもらうけどな！

いざフィサリス公爵家へ！

ここには何度も来たことがある。でもそれは『公爵の友人（もしくは部下）』としてだ。

なんの力みもなく、気ままにのほほんと来ていた。


でも今日はちが～う！


俺は、今日は、ステラリアの『恋人』として彼女の両親に会いに来たんだ。……これって、正面玄関から入っていいものなのだろうか？

使用人に会いに来たのだから、勝手口とか使用人専用門とか（あるのか？）から入らないといけないとか？

……う～ん、どうしたらいいのかわからん。

俺がフィサリス家の正門前で躊躇（ちゅうちょ）していると、

「ユリダリス様、こっちこっち！」

そう言ってエントランスの方から手招きしてる存在が……って、副隊長の奥さんじゃねーか！

「こんにちは！　今日はステラリアのお客様なんですよね？　うふふ、お待ち申し上げておりました」

いつも以上にかわいらしい笑顔（むしろいたずらっぽいのか？）でニコニコしている奥さん。さすがにフランクすぎてビックリした。

まさかの公爵夫人直々の出迎えに俺が面食らっていると、

「すまない。どうしても出迎えると言って聞かなかったんだ」

苦笑いで奥さんの後ろから出てきたのは、なんと副隊長！　お前も何してんだよ！

そんな二人の後ろには、いつもの執事氏が澄まし顔で控えていた。ん？　これって日常なの？

「いえいえ、わざわざ出迎えてもらってすみません」

てゆーかむしろありがたい。ここで声をかけてもらわなかったら、いつまで経っても門の前でうろうろしてたかもしれないし。

「さ、さ、どうぞ中へ入ってくださいな」

歌でも歌うような軽やかな声で奥さんが屋敷の中へと案内してくれる。

「ステラリアとその両親はサロンでお待ちしておりますので、ご案内させていただきます」

スキップを踏みそうな奥さんに代わって、執事氏が補足してくれた。

エントランスからサロンに向かう。

う～、さすがに緊張してきた。自分でもなんか動きがぎこちないと思う。歩き方って、どうだったっけ？　緊張しすぎて手足が一緒に動いてしまいそうになる。

なのに。


「同席したいです！」

「何言ってるんですか邪魔でしょう」

「じゃあ、ここでこっそり……」

「盗み聞きしない！」


サロンが近付くにつれて緊張マックスになってる俺の前で、公爵夫妻によるイチャイチャが繰り広げられている。

「…………」

俺は今からステラリアのご両親に結婚の承諾をもらうんです。奥さん、なぜあなたが同席したがる？

「はいはい、ヴィーはあっち行ってようね」

「ぶーぶー！」

張り切って扉に耳をつけようとしていた奥さんを、副隊長はひょいっと抱き上げると何処（どこ）かに連れて行ってくれた。

……あのじゃれ合いはなんだったんだろう。

「…………」

「……申し訳ありません」

俺が二人の背中を無言で見送っていると、なぜか執事氏が謝ってきた。うん、あなたは悪くないよ。まあ、あの二人のおかげでちょっと緊張がほぐれたかな。

執事氏が開けてくれた扉からサロンに入ると、ステラリアとその両親が待っていた。

やっぱりまた緊張してきたけど、男は度胸だ。

茶番も終わり、いざ、扉に向かう。

俺が部屋に入ってきた時から厳しい顔をしていた彼女の父親と、俺を見極めようとしているのか、凛々しい顔の母親。

え～と、そちらは臨戦態勢ですか？　もっとフレンドリーにお願いします！

さっきの公爵夫妻のゆる～い雰囲気が恋しくなる……じゃねぇな。ここで負けたらダメだよな。

頑張れ俺！

「私はユリダリス・カシュメリアアナ・プルケリマと申します。単刀直入に言います。お嬢さんと結婚させてください！　誰よりも何よりも大事にしますし、泣かせるようなことは絶対しませんから」

こういう時にお決まりのセリフ。月並みなセリフだけどこれが本心だから、直球で結婚のお願いをする。

向かい合って座るステラリアの両親に向かって、俺は深く頭を下げた。


一瞬、しんと静まり返った。


嫌な汗が出てくる。誰か何か言ってくれ〜！

頭を下げたままジリジリしていると、

「何処の馬の骨ともわからん男に、大事な娘はやれん！」


厳しい顔のまま腕組みしていた彼女の父親がしじまを破った。

思わず頭を上げる俺。俺を睨む父親。

なんかどこかで聞いたことのある（というかよく聞くベタな）セリフだなぁ、これ、つっこんだほうがいいのかなぁと思ってたら、

「あなた、何をおっしゃってるんですか。何処の馬の骨って、侯爵家のご子息様ですよ。しかも旦那様の部下でもありご友人です」

母親が、冷たい視線で冷静につっこんでくれた。ナイスツッコミ、ありがとうございます！

すると、今まで厳しい顔をしていた父親がいきなりニコッと笑ったかと思うと、

「うん、知ってる。ちょっと言ってみたかっただけだよ〜。一回言ったら満足したから」

かる〜い感じでそう言った。

そこからは雰囲気ががらりと変わり、なんかゆるい感じになった。ステラリアのお父さん、キャラ変わりすぎでしょ。

どっちが本当のキャラなのかわからない俺が困惑していると、

「普段はこんなゆる〜い感じの人ですから」

こっそりステラリアが耳打ちしてくれた。じゃあさっきまでの厳(いか)つい親父は演技だったのか。

笑った顔、というか、そもそもの造りが彼女と父親は似ている。自分は父親似だと、前に言ってたな。

「まあ、冗談はこれくらいにして。私はフィサリス公爵家で料理長をしています、ステラリアの父親のカルタムと申します」

今度はまじめな顔をしてステラリアの父親が切り出した。

「はい」

「同じく、侍女長をしております、母親のダリアでございます」

「何度もお会いしていますね。お久しぶりです」

お互いにぺこりと挨拶する。

「今申し上げたように、うちの娘は両親そして本人も使用人です。侯爵家のご子息様の嫁になれるような身分ではございませんので、他に釣り合いのとれる方を探された方がよろしいかと存じますが……」

カルタムさんがやんわりと断りを入れてきた。

まあ、普通はこうなるよな。

でも大丈夫。こっちはもう許可済みなんだ。

「身分など気にしなくて大丈夫です！　私は侯爵子息と言っても三男ですし、ずっと家を出て騎士団の宿舎で一人暮らしをしてきたので、もはや貴族というよりも一介の騎士です」

「いやいや。そうおっしゃりますが、たかが使用人の娘との結婚など、やはりご両親がお許しになられないのではありませんか？」

「そこは大丈夫です！　リア、この間の話はした？」

「はい」

俺が確認するとしっかりと頷くステラリア。

「侯爵家を訪れたお話は、娘から聞いております」

ステラリアの言葉を受けて、カルタムさんたちも首肯する。じゃあもう話は早いでしょ。

「ステラリアのご両親がウンと言わなくても、プルケリマ家ではもうすでにリアが僕の婚約者だと認められていますので」

俺がにっこりと笑って見せた。

「ユリダリス様の決意は固そうでございますね」

「もちろんです」

「娘……ステラリアをよろしくお願いいたします」

「もちろんです。ありがとうございます！」

カルタムさんとダリアさんが立ち上がり、俺に深々と頭を下げてきた。もちろん俺も頭を下げる。

よし！　これで両家の了解を得たぞ！

「これで正式に婚約者だ」

俺はステラリアに笑いかけると、

「そうでございますね」

彼女も微笑み返してくれた。

「あの。ちなみにひとつお聞きしたいことが」

おずおずとカルタムさんが切り出した。

なんだろう？

「はい？　どうぞ？」

「噂でちらりとお聞きしたのですが、恐れながらユリダリス様は男を好むと……」

カルタムさんの語尾が言いにくそうに弱くなった。

うぉぉぉぉい！　またあの疑惑か！　まだ残ってたのか！　つか、公爵家(こんなところ)にまで達してたのか‼

「それ、おたくのご主人の戯言ですから‼　根も葉もない嘘、ぜんっぜん違いますから‼」

疑わしげなカルタムさんに、食い気味につっこむ。

「うちの〝娘〟でよろしいのですね？」

「その〝娘〟さんがいいんです‼」

確認してくるカルタムさんに、俺は勢いよく言い切った。


三男だし、派手なお披露目はしなくていいと親に言われていたので、騎士団の創立記念パーティーで婚約を宣言することにした。

「パーティーなんて参加したことないので緊張します」

俺がプレゼントした瑠璃色のドレスに身を包んだ彼女が不安そうにしている。

「参加は初めてでも何度も見てるでしょ」

「裏方では」

「裏も表もそんな変わらないよ」

「まあ！」

王宮のパーティーの方がよっぽど派手だと思う。きっと手伝いとかで何度も見ているだろうから、勝手はわかってるだろう。

それに今日は騎士団の内輪のパーティーだからかなりアットホームだし、何より、よく知ってる副隊長夫妻もいるから心強いだろう。

「副隊長も奥さんも来てるんだし、大丈夫」

「ですね」

ステラリアは安心したのか、ようやく笑った。

ステラリアを連れて、俺は挨拶しまくった。上官から部下どもまで。「俺、婚約しました！」ってね。

上官たちはめっちゃ喜んでくれたけど、部下どもはギャーギャー騒いでた。今日エスコートしてきたのがオカンという、なんとも切ないヤツもいたからなぁ。

ステラリアはダンスも上手かった。

「……リア、俺より上手いんじゃない？」

「そんなことございませんわ。嗜んだだけでございます」

「でもさ、姫様にもレッスンしてたんでしょ？」

「ええ、しておりました」

しれっと答えるステラリアだけど、それってすでに師範代レベルじゃん……。

「これくらい、公爵家の者なら誰でもできますわ」

「おぉ……」

恐るべしハイスペック使用人たち！


「奥様は……あら、旦那様とご一緒じゃないんですね」

「ん？　あ、ほんとだ」

副隊長は……アルカネットと話してるのか。奥様はうちの部下と一緒に踊ってるな。

「そういえば、部下どもが『奥様独占作戦』とかなんとかやってたわ」

「なんですの、それ？」

「うちの部下たち、奥さんのファンが多くてね。でもなかなか姿が見れないものだから、今日のパーティーで副隊長から奥さんを引き離して独占しようってことらしい」

「まあ！　クスクス」

「取っ替え引っ替え誰かが副隊長に話しかけて足止めし、その間に奥さんと一緒に踊るんだって」

「旦那様、気付いたら激怒しそうですわね」

「だろうね」

それでもめげるような部下どもじゃね～けどな。

「前から思っておりましたが、ユリー様は部下のみなさまに恵まれておいでですね」

「え？　そうかな？」

優秀っちゃ優秀だけど、なかなか曲者ぞろいだぞ？　バカも多いし。

「はい。いつも部下のみなさまと楽しそうにしていらっしゃいましたから、〝アノ噂〟が流れた時にみんなすんなりと信じてしまったのですわ」

おかしそうに笑うステラリア。って。

おお〜っ！　まさかの自業自得!?（二回目）

そっか……。だから誰も否定してくれなかったんだ……。

ちょっと遠い目になるわ。

「あれは、おたくの〝おぼっちゃま〟の悪いいたずらだから」

「はい、もう大丈夫ですわ。ああ、そうだ」

「なに？」

「わたくし、旦那様の部下のみなさまだけでなく、これからはユリー様の部下のみなさまのことも覚えないといけませんね」

何かあった時のために、とつぶやいたステラリア。

うちの奥さん（予定）、優秀だなぁ。

＊　＊　＊

パーティー会場でユリダリスがステラリアを連れているのを目撃した騎士団メンツは。


「プルケリマ小隊長が女連れ！」

「い〜〜っつもなんだかんだ言ってパートナー連れてこなかったアノ小隊長がっ⁉」

「しかもあの子って、こないだまで姫さま付きの女官だった子じゃね？　いつの間にか見かけなくなったなぁと思ったら……！」

「てゆーか、彼女作る時間あったの？　ねえ、そんな時間あったの？　俺なんて今日のパートナー、オカンだぜ？」

「ぷぎゃ〜〜〜‼」

「「「「くっそ、いつの間に〜〜〜⁉」」」」


リア充(じゅう)爆発しろ！　と呪(のろ)いをかける面々だった。

一一・ステラリアの、意外と冷静な恋心

『ミモザが懐妊(かいにん)して侍女が足りなくなったので、公爵家に戻ってきてください』

ロータスさんから伝言を受け取ったのは、オーランティアとの戦が本格的に始まった頃でした。うれしい知らせですが、果たして王宮を穏便に辞めることができるのでしょうか……？　というのも、私が王宮で働いているのも、王宮から『ぜひに！』と請われたからなのです。

両親も公爵家の使用人、そして私自身も公爵家で生まれ育ったものですから、専門学校を卒業した後はもちろん公爵家で働くのだろうと考えていました。だから、どの授業も頑張ってすべての科目で首席をキープしていたんです。だってそれが公爵家使用人になる初歩にして絶対の条件ですから。

ですが、いざ就職活動の時期になった頃に、王宮から『ステラリアはぜひとも王宮に就職してほしい』と言ってきました。

「優秀な女官がほしいそうです」

ロータスさんが言ってました。

「私はどちらでも構いませんが」

「リアは優秀だけど、まあ、これも修業のうちと思って頑張ってください。そのうちお屋敷に呼び戻しますから」

「ふふふ！　わかりました」

ということで、私は王宮へお勤めに上がったのでした。

そしてとうとう（ようやく？）、フィサリス家に戻ることになりました。

そこに至るまで、王宮側と公爵家側でずいぶん揉めたそうですが、知らないふりをしておきましょう。ワタシ的には、生まれ育った公爵家で働けるのはうれしいことですし。

おぼっちゃま——改め、旦那様が戦からご帰還と同時くらいに、私は公爵家に参りました。
久しぶりの公爵家はすっかり雰囲気が変わっていました。

まず、旦那様が結婚されて『奥様』がいらっしゃること。次に、お屋敷の雰囲気を悪くしていた『お連れ様』（旦那様の愛人のことです）がいなくなっていたこと。私は直接関わる機会がなかったのですが、やっぱり幸せな家庭に〝愛人〟は不必要ですからね。

軽く話は聞いていましたが、やっぱり自分の目で見るのは違いますね。

両親からの話や王宮での噂ではよく存じていた奥様——ヴィオラ様は本当に素敵なお方で、私もあっという間にファンになってしまいました。王宮の、わがまま姫様たちとはえらい違い！　私がヤイヤイ言わなくてもダンスのレッスンやマナーのレッスンをきちんとなさる……まあこれは、ロータスさんやうちの母さんが睨みを利かせてるからでしょうが。

その他ではなかなかに型破りな奥様ですが、それも奥様のチャームポイントで、ますます好感度は上がる一方です。

そして何より、旦那様が変わられていました。

いつの間にか『奥様大好き』人間に変わられていた……！　いや、いいことです。とてもいいことです。

この二人の変化が、お屋敷の雰囲気の変化につながったのでしょうね。

そんなストレスもなく、むしろ楽しい仕事に慣れてきた頃に、旦那様がお客様を連れて帰ってきました。


「……というわけで、急なお客です。すまない」

急な来客になった経緯を、すまなさそうに語る旦那様と、

「あらあら、まあまあ」

大勢のお客様に驚きつつも、それでも笑顔を絶やさない奥様。

お客様は、旦那様の勤務先の上司様や部下の皆様でした。

部下の皆様ということは、ユリダリス様もいらっしゃるのでしょう。しかし、私のいる場所からは見えなくてわかりません。

でも、ユリダリス様を探している場合ではありません。

奥様がお客様のお相手をしている間に、私たちはおもてなしの準備にかかります。

「全部で一八名」

「了解です」

ロータスさんが瞬時にお客様の数を数えると、それを厨房に伝えに行く者、サロンとダイニングに分かれておもてなしの準備をする者、みんな自分のやることがわかっているのでスムーズに配置についていきます。

私は奥様付きですので、奥様の指示待ちということになります。

ロータスさんと並んで賑やかなエントランスの様子を見ていると、

「ロータス、お客様をサロンにご案内して」

と、奥様の声が聞こえました。さあ、私たちの出番です。

「かしこまりました」

ロータスさんがサロンの扉を開けに、先に動きました。

「みなさまはこちらへ。ステラリア、ご案内を」

ロータスさんが、今度は私に指示します。

「はい。では、こちらへどうぞ」

お客様を先導するべく、みなさまの前に歩み出た時でした。


「ユリダリス様？　どうかなさいましたか？」

「おい、ユリダリス。どうした？」


奥様と旦那様の声が同時に聞こえました。

ユリダリス様、やはりいらっしゃったのですね。でも、どうかなされたのでしょうか？

お客様も足を止めてユリダリス様を見ているので、私も振り返りました。

ここにいる全員の注目を浴びてなお、動かないユリダリス様。――あら、私を指差していますね。


「どうなさったのですかねぇ？」

「さあ？　僕もさっぱりわかりません」

奥様も旦那様もキョトンとしていますが、動かないユリダリス様にも聞けないと考えた奥様が、

「旦那様にもわかりませんか～。ステラリア、ユリダリス様をご存知？」

その指を辿って、私に聞いてきました。


ここはどう答えたものでしょう？


王宮では何度かお話ししたこともありますし、お疲れのようだったのでいつも持っている父特製のキャラメレを差し上げたりしたこともありますが、ユリダリス様のように人気のある方にしてみれば、取るに足らない出来事だと思うのです。それに身分も地位もあるお方、一介の女官にすぎない私のことなど、覚えていなくても当然でしょう。

「ええ、とても有名な方でございますから存じておりますわ。旦那様の部下の方でいらっしゃいますもの。それに、王宮で何度かお会いしたこともございます」

あまり重くならないよう、無難に答えました。

「あら、そうだったの」

「はい。お会いしたと言っても、廊下ですれ違うくらいでございますが」

私の顔を見て固まったということは、私のことを覚えていて『王宮女官のお前がなんで公爵家にいるんだ？』という感じで驚かれているのでしょう。


……覚えていただけていて、うれしゅうございます。


ユリダリス様との再会からまたしばらく経って。

その日はお休みだったので、私は一人で街に出かけました。

王宮では毎日がわがまま王女様ややんちゃ王太子様のお相手やその他の仕事でドタバタ忙しく、たまの休みの日は部屋でゴロゴロしていることがほとんどでした。外出なんて年に数回、両親の顔を見に公爵家に行くくらいでしたね。他の同僚は、余裕のある子は街に出たりもしていましたが、私は特に用事がない限り外出しませんでした。

同僚たちの話に出てくるパン屋やカフェは、ちょっと興味ありましたが。

公爵家にきてからというもの、忙しいけど素敵な奥様のおかげで心にも余裕ができました。

お稽古に追い立てる……こほん、励んでいただくのにヤイヤイ言わなくて済むなんて素晴らしい。

逃げた王太子様を、捕獲のために走り回らなくていいなんて、なんと楽なんでしょう！　あらやだ。

私の感激のハードルが低くなってしまってますね。

ですので、気力体力的に余裕のできた私は、たまの休みに街に出てみようかと思い立ったのです。


長くご無沙汰していた町並みは、お店が変わったりしていて新鮮でした。

ああ、あそこが美味しいと評判のパン屋さんね。父さんがこっそり買ってきて研究してたわね。

ロータスさんのお気に入りのカフェは、相変わらず隠れ家的でいいなぁ。一緒に連れて行ってと駄々をこねたら『リアが大人になったらね』って、はぐらかされちゃったのよね。うふふ、今度連れて行ってもらいましょ。

ゆっくりあちこちを見ながらお目当ての店に向かいます。

今日の目的地は『レモンマートル』というお菓子屋さん。同僚の子や、騎士団のお姉様方までが絶賛する、今一番有名なお店なのです。

いつも混雑しているということなので、覚悟していきます。時間も余裕を持って。

しばらくすると、レモンマートルのかわいらしいアップルグリーンの看板が見えました。

ここはやっぱりお持ち帰りではなくカフェで限定スイーツですよね。

うふふ、楽しみです。

「こんにちは」

カフェの方に向かっていくと、いつの間にか目の前にユリダリス様がいて、挨拶されてしまいました。

グレーのボトムに白いシャツというシンプルなスタイルは、いつもの凛々しい制服姿とはまた違って素敵です。

「こんなところで出会うなど、奇遇でございますね。今日はお休みでございますか？」

「ええ。せっかくの休みですが、宿舎でゴロゴロするのに飽きてしまって、飯がてら散歩に出てきたところだったんですよ」

「まあ、そうでございましたか」

「ええ……と、君は……」

頬をぽりぽりと掻きながら……ああ、私の名前ですね。そういえば、名乗り合ったことなどございませんでしたものね。

「申し遅れました。わたくし、今はフィサリス家で使用人をしているステラリアと申します。何度もお会いしているのにおかしいですね。以後お見知り置きを」

「あ、ども。ユリダリス・カシュメリアナ・プルケリマです。前は特務師団で副団長やってましたが、先日の異動で近衛の小隊長になりました。あ、でも肩書きとかめんどくさいんで、ユリーと呼んでください」

私などの名前を知っても……ということで名乗ったことはございませんでしたが、これで私が

『ステラリア』という名だと、ユリダリス様に覚えていただけましたね。

それからご一緒して、レモンマートルのカフェで美味しいお菓子をいただきました。

お話も楽しくて、あっという間に時間は過ぎてしまいました。

この時間が終わればまた『旦那様の部下のユリダリス様』と『公爵家の使用人のステラリア』に戻ります。

それを少し寂しく感じていると、ユリダリス様の方から『休みが合えばまた会いたい』と言ってくださいました。


同じ気持ちになってくださったのでしょうか？

そうだとうれしいのですが、うぬぼれてはいけません。

ユリダリス様は旦那様の部下で今は近衛の小隊長をされているお方。そしてプルケリマ侯爵家のご子息様です。私のような一介の使用人と同じ気持ちになるなんて、ありえないのです。

きっとユリダリス様は、ちょっと話をして楽しかったから、また会って話したいと、軽い気持ちでおっしゃったんです。きっと、それは戯れに。

戯れにならお付き合いできます。……少し、心が痛いですが。

ユリダリス様は戯れに私を誘うのだと思っていました。思い込ませていました。心でそう考えていても、ユリダリス様はとっても優しくて、一緒にいるととても楽しい時間が過ごせました。それは残酷なほどに。

だからますます、『どこどこのご令嬢と縁談が決まったからもう会えない』といつ言われてもいいように心づもりしていました。

なのにっ！

「回りくどいことは嫌いなんで単刀直入に言うけど、ステラリア、結婚を前提に僕とお付き合いしてください」

まさかのプロポーズ⁉

普段から『身分違い』とか『いつダメになってもいいように』と自分に言い聞かせていたので、反射的に口から出たのは、

「お断りします」

の一言でした。

初めはすごくショックを受けたように青ざめたユリダリス様でしたが、すぐに何かのスイッチが入ったように立ち直ると、畳みかけるように私を説得し始めました。……『ただし男に限る事件』

を引き合いに出してまで。

　あの噂を思い出させないでください！　シリアスな場面だというのに笑ってしまうじゃないですか！　でもどうやらあの噂のおかげでご両親から『嫁は女の子なら誰でもいい』と言ってもらえたようなので、ここは旦那様に感謝でしょうか？

　大丈夫です。私、あの噂を信じておりませんよ。


　プロポーズの日からそう経たないうちに、私はユリダリス様のご実家、プルケリマ侯爵家へと招かれました。

　そういえばまだうちの両親にはユリダリス様とのことを話していません。きっかけがつかめないというか、きっと母さんたちは反対すると思うんです。身分差に厳しい人たちなので『使用人が侯爵様のご子息とお付き合いなんて、身の程知らずです。ましてや結婚など』と言われるのが目に見えています。私だってそんなことわかってます。わきまえるようにと、自分に言い聞かせてきたつもりでした。それでも、どうしようもないことってあるんです……。

　両親のことを考えると憂鬱（ゆううつ）なのですが、さらに今日は輪をかけて憂鬱です。

　ユリダリス様のご両親、本心では『使用人なんて』と思っていたりしないでしょうか？

　でも、隣でユリダリス様が微笑んでくださっているので、大丈夫。きっと大丈夫。

ドキドキしながら侯爵ご夫妻にご挨拶したら、ものすごく歓迎されて拍子抜けしました。そしてやっぱりここでも、

「よ〜し、でかしたぞユリダリス。ついさっきまで男を連れてきたらどうしようかと本気で悩んでいたんだが、ちゃんと女の子じゃないか！」

また言われてましたし。

もうダメですね、笑っちゃいます。きっとこれ、一生言われ続けるんでしょう。ユリダリス様には御愁傷様ですが、ほんと、うちの旦那様ってば……。

そうして、侯爵様たちにご挨拶して受け入れていただけた私たち。

次は難敵、うちの両親です。

侯爵家に行ったその日のうちに、私は両親にユリダリス様とお付き合いしていることを打ち明けました。

「旦那様の部下のユリダリス様と、結婚を前提にお付き合いしています」

「「えええっ⁉」」

父さんはともかく、普段から冷静な母さんまで驚かせてしまいました。

「おまえまた、すごい身分違いな人を捕まえてきたねぇ」

父さんが呆れています。

「私だって、まだ『まさか』って思ってるわよ！　でも現実なの」

「さすがにご実家の方からはダメだと言われるでしょう」

母さんがため息をついています。うう、わかるけど。

「……それが、もう、ご挨拶に行ったら大歓迎で、すっかり公認になっちゃいました……」

「「えええっ⁉」」

本日二回目。二人が声をそろえて驚きました。

「……すでに侯爵家で公認なんだったら、私たちが反対するのもなんだけど……。それでも、なんでまた、『使用人』という身分の娘を嫁にしてもいいって……」

父さんが首を傾げていたので、

「嫁は女の子だったらいい！　って、言って……あ、しまった！」

思わず口を滑らせてしまった私。

「リア？　それはどういうこと？」

私の失言を聞き逃さなかった母さんが鋭く聞いてきました。母さん怖いから、内緒にしておけるはずがありません。しぶしぶ私は両親にも『ただし男に限る事件』のことを話したのでした。

「くくく……旦那様……っ」

「何をしていらっしゃるのか……」

肩を震わせて笑いをこらえる両親。ああまた、黒歴史を広めてしまいました。

ユリダリス様、ごめんなさい！


ユリダリス様は先日の勢いのまま、私の両親も説得してくださいました。

予想に反して母さんよりも父さんの方がこのお付き合いに渋りましたが、ここもユリダリス様が難なく突破してくださいました。


「これで正式に婚約者だ」

ユリダリス様がとびきりの笑顔を向けてくれましたが、

「そうでございますね」


きっと私の方が、うれしさは上だと思いますよ？

一二・ユリダリスの心配

朝から嫌な感じの雲がロージアを覆っていた。

「今夜は嵐かもしれないな」

窓越しに空を見上げていた副隊長が、眉間にしわを寄せる。どうせコノヒトのことだから奥さんがらみ……

「僕がいない日に嵐とか、ヴィーが心細い思いをしてしまうじゃないか！」

「………」

やっぱり。

そう、今日は副隊長も俺も王宮に宿直なのだ。

最近ロージアを荒らしている盗賊団がいて、その対策を練るように命じられたから。俺たちの部署、表向きは〝近衛〟だけど、実態は国内の治安を維持するためにあるからね。

「近衛になったのはめったに家を空けないで済むからであって……」

まだ言ってるよ。ブツブツ文句を垂れる副隊長は置いといて。

今夜はかなり荒れそうだ。あ、副隊長じゃなくて天気が。

窓の外は、パラパラと小雨がパラつき出していた。

俺もステラリアのことが心配だけど、公爵家にいるんだ、よほどのことがない限り安全だ。

公爵家って、王宮にも劣らない、強固な砦といっても過言じゃないからさ。

「報告では、賊の人数が把握できていない」

「一〇名を超える大人数だったという証言もありますし、二、三人だったという報告もあります」

「襲う家の規模から、その日の実行人数を変えてるんですかね」


騎士団屯所内の会議室。

ペルマム近衛隊長、フィサリス副隊長、そして俺とその部下（ほぼまるっと元特務師団メンバー）が、これまでの被害状況の資料をもとに、対策と捕縛の作戦を考える。


「ターゲットは貴族から庶民までまちまち」

「ああ、でも、貴族や金持ちの屋敷を狙う時は人数多いかも」

「そうね。逆に小さい、庶民の家とか商店とかを襲う時は少ないわね」

「顔は、暗くてよくわかってない、か。ガタイはいいやつばかり。聞いた声は、全員男らしい」

「濃いめの顔してたという目撃談もあるわ。オーランティア顔？」

「あらそれって、オーランティアの残党？」

「ありえますね」

「でも彼らは色黒だから、夜陰に紛れちゃうと馴染みすぎてわからなさそうだけど」

「ぶっ！」

「……路頭に迷った元兵士や盗賊がフルールに来ているという可能性もあるな」

資料に沿って犯人像を絞り込んで行く。

オーランティア人かどうかはわからないが、とにかくどこか外国から来たというのは真実っぽい。

実際、外国訛りで話しているのを聞いたという証言がいくつもあった。

「だいたい、天気の悪い日に活動してるな」

「月の出ている明るい日は避けてますね」

賊の活動をまとめた分析資料を見ると、天気の悪い日や月の出ていない暗い夜に被害が集中しているのがわかる。

「じゃあ今日みたいな日は、動くんじゃないだろうか」

副隊長が外を睨んでいる。

俺たちが会議している間にも、空にはどんどん暗雲が立ち込め、いつの間にか小雨から本降りに変わっていた。これからまだ酷くなりそうだけど。

「雨の中だと視界も良くないし、賊が動くにはうってつけだな」

「警戒する側としても、夜の、しかも雨の中の巡回は見落としがちになるから、そこをうまく突かれている感じですね」

「今夜あたり、くるか」

「そうですね」

「では今夜の警邏(けいら)の騎士を増強するよう、警備隊の隊長に要請してこよう。ああ、私が行くのが手っ取り早い」

「よろしくお願いします、隊長」


部下が伝達に行こうと立ち上がるのを制したペルマム近衛隊長が、市中を警備する部署へと自ら行ってくれた。上が話をつけてくれる以上に話が早いことはないからな。

これで今すぐにでも市中警備が厳重になるだろう。


「まさか、王宮を狙うことはないとは思うが……」

「用心に越したことはありませんね」

「そうだな。ヤツらを完全に捕まえるまで、王宮内の警備も増やすことにしよう」

「これで一晩、様子見ですね」


何も起こらないといいけど。

なんとなく不安な空模様を、俺は見上げた。

日が暮れた頃には雨はいっそう激しくなり、大粒の雨が屯所の窓を叩きつけるようにして降っている。

風も酷く、庭園の木立が折れんばかりの勢いで揺れている。

風雨の激しさに、あたりは白く煙っていた。

「視界最悪ですね」

暗いわ雨激しいわ風はゴーゴーいってるわ。天気が悪いどころじゃない、これは嵐だ。

「むしろ賊たちは嬉々として動くんじゃないか？」

副隊長も窓の外を見ながら厳しい顔をしている。

あれから急遽、街中の警備要員が増やされ、慌ただしく警邏に出向いて行った。この天気じゃ見回りだけでも大変だろう。みんな雨用の外套を着て行ったけど、そんなもんじゃ防ぎきれなくてずぶ濡れになってるのが目に浮かぶ。

市中警備の増強と同時に、王宮の警備騎士も増やされた。

非番の奴らも招集されてきて、王宮の廊下や要所には、いつもの倍は近衛がうようよしている。

というわけで、王宮はいつも以上に慌ただしい雰囲気に包まれていた。

ペルマム隊長は陛下の側近くを警護していて不在なので、副隊長と俺が部下たちから上がってきた報告をまとめ、指示をするために屯所の会議室に詰めている。

外はどんどんひどい嵐になってきていて、窓を叩く雨の音が余計に不安をかきたてる。

ひっきりなしに光る稲妻(いなづま)が、庭園の木々のシルエットを不気味に浮かび上がらせた。雷(かみなり)が落ちて火事でもおきなきゃいいが……って、この雨だ、燃え広がる前に消されるか。


「奥さんたちは大丈夫なのか？」

天下の公爵家だけど、いちおう、念のために聞く。奥さんたちにステラリアを含めて。

「屋敷は大丈夫だ。もしものことがあっても、その時のために日頃から使用人たちは訓練はしているからな」

副隊長は冷静に答えたけど、俺には少し頬がひくついたのが見えたぞ。そうは言ってもやっぱり心配なんだろ。

「ただ……」

「ただ？」

「こんなにひどい嵐だ、いくら使用人たちが側にいるからといってもヴィオラはきっと心細い思いをしてるだろう！　くっそ、家に帰りたいっ！」

「潔く本音をゲロッたね……」

ダンっと勢いよく机を拳で殴る副隊長。物理的な問題よりも精神的な問題らしい。

風雨の勢いが弱まるどころかますますひどくなる中、じりじりと時間が過ぎる。

「我々の心配が杞憂に終わればいいのだが」

もうヴィオラは寝てるだろうか……とか呟いてる副隊長。

「今からが賊の活動時間です。むしろ本番はこれからですよ」

俺はさっきの分析資料を見ながら言った。

「……だな」

「狙われそうな家の目星がつけば警戒も楽なんですけどね」

「無差別なところが腹立たしい」

地区もバラバラ、襲う家の階級もバラバラ。ほんと、俺ら泣かせな賊だ。

「今のところ有力な報告は入ってきてませんね……」

お茶淹れてきますからちょっと休憩しますか、と続けようとしたところだった。

ココココンッ！　と性急なノックの音が響くと同時に「失礼します！」と言って部下が駆け込んできた。

「何か動きがあったのか？」

副隊長が冷静に問うと、

「はいっ！　賊の目撃情報が入りました」

勢い込んで部下が報告した。

「やっぱり、予想通りか」

「ええ、荒天を狙ってきましたね」

副隊長と俺は顔を見合わせる。

「それで、どうなった？」

「はっきりとした人数はこの荒天に邪魔されて確認できていませんが、かなり大勢の模様です」

「そうか」

副隊長が頷く。そういやこの賊は、もともと何人いるのか確定されていなかったしな。

「そいつらはどうしたんだ？」

俺が続きを促す。

「はい。警備の騎士に気が付いて四方に散ってしまったのですが、どうやらフィサリス公爵家の方向に向かっていたようです」


「「なんだとっ⁉」」

一瞬で副隊長の顔色が変わった。ついでに俺もだけど。

「屋敷の方向へ向かっていただと？」

「はい！　目的が公爵家かどうかはわかりませんが、とにかくお屋敷の方へ向かっておりました。逃げた賊は引き続き見つけた騎士が追っております。もちろん応援の者もそちらに向かわせておりますが……」

「部下たちだけに任せていられるか！　私の屋敷（いえ）だ、私が行く！」

部下の報告に食い気味で副隊長が叫んだ。

俺も同調しそうになったが、一瞬思いとどまった。行きたいのは山々だけど、会議室（ここ）に司令塔がいなくなるのもマズイ。

くっそ！　どうしたら……っ！

ジレンマに俺が唸（うな）りそうになっていると、

「ここは私が残ろう。副隊長たちは部下を連れて賊を追え」


「「隊長！」」


いつの間にか会議室に戻ってきていたペルマム隊長が命令した。

「「はっ！」」

副隊長と俺は隊長に向かって騎士の礼をすると、急いで会議室を後にした。

会議室の外にはカモミールたちがすでに待機していて、

「はい、雨用の外套です。歩きながら着てください」

「馬はもう正面玄関にまわしてあります」

「はい、手袋と鞭もどうぞ」

なんて、めちゃくちゃ用意周到、すっかり準備が整っていた。

俺たちは足早に玄関に向かいながら、受け取った外套やらを手早く身につけていった。


屋根を出た瞬間に痛いくらいの雨粒がぶつかってくる。

俺たちは無言でそれぞれ自分の馬にまたがると、出発の合図を待った。

「気をつけろ、油断すると落馬するぞ」

「「「「はっ！」」」」

副隊長の言葉に、全員が気を引き締めた。

全員の準備が整うのを確認すると、副隊長が真っ先に馬の腹を蹴った。

最初からフルスピード。

これからは全速で街の中を駆け抜けていく。街中は郊外と違って、曲がり角や障害物も多い。おまけにこの荒天。そこを疾走するんだ、かなりの技術と集中力が必要になる。

外套のフードを目深にかぶって雨粒を凌ぐ。それでもどんどん顔に当たってくるけど気にしてられるか！

激しい雨風そして雷の中、副隊長に続いて、俺たちも馬を駆る。

公爵家に何も起こってないことを祈る！


副隊長の奥さんはもちろん、ステラリアにも。

そう思いながら馬を走らせていると、対向から馬が走ってくることに気が付いた。

「ストップ！　止まれ！」

副隊長の指示に、俺たちも急ブレーキをかける。

相手も俺たちを見つけて止まった。


賊の一味か？


俺たちの中に一瞬緊張が走る。

最悪の視界の中、相手を見極めようと俺が目を凝らしていると、

「旦那様！　お屋敷が大変にございます！」


相手は馬から下りて副隊長の前に跪いた。

なんだ、公爵家の使いか。……って安心してる場合じゃねえ！　お屋敷が大変だと？　何があった？

焦ったのはもちろん俺だけじゃない。

「どういうことだ？」

副隊長が鋭く聞き返している。

「さきほど賊がお屋敷に押し入りました！　ただいま奥様と侍女たちを人質に立て籠っております」

主人の言葉に使用人は、咳き込むように状況を説明した。

「なんだと!?　ヴィーたちが人質に？」

「申し訳ございません。この嵐の中、寝室の窓を破って侵入してまいりました。奥様のご無事が最優先ゆえ、抵抗せず様子を見ているところです」

「手をこまねいているわけではないな？」

「はい。ロータスたちがただいま秘密裏に動いております」

「わかった。急ぐぞ、ユリダリス！」

「言われなくても！」

副隊長がまた馬を走らせにかかる。俺たちも遅れをとるまいと付いていく。

奥様大好きの部下たちも想いは同じ。俺もそうだけど、俺には別の大事なものがある。

奥様のピンチはステラリアのピンチでもあるからな！

さっきよりもスピードを上げて、俺たちはロージアの街を疾走した。

一三・ステラリア、戦う

横殴りの雨がガラス窓を叩き、稲妻がひっきりなしに光り、雷鳴（らいめい）はゴロゴロ（たまにドォン）と不気味な音を響かせています。

今日のロージアは朝から雲行きが怪しかったのですが、夕方になるにつれどんどん天気が崩（くず）れていき、今やすっかり嵐の様相を呈（てい）しています。

「こういう日に限ってサーシス様は王宮に宿直かぁ。めったにないのに、なんでこんな嵐の日に宿直かなぁ。別に雷が怖いとか乙女なこと言いませんよ？　ただこんなに荒れた天候だと、やっぱり心細いじゃないですか」

寝間着の上から軽いガウンを羽織った奥様が、窓の外を見ながらぼやいています。

なんだかんだ言っても旦那様のことを頼りにしていらっしゃるのですよね。

いつも通りに見えるけれど、どこか不安そうな奥様に、

「なかなかひどい嵐でございますね。風で木の枝が飛んできて窓のガラスが割れたりしないとよろしいのですが」

母さんも窓のカーテンを閉めついでに外を見ています。

外は時々稲妻が走り明るくなるのですが、土砂降り（どしゃぶり）の雨で庭園が白く煙っています。視界は最悪。見えている木立は暴風になぎ倒されんばかりに揺れています。母さんの言う通り、枝が飛んできて窓ガラスを割らないか心配です。

「そうねぇ。窓が割れちゃったら雨入って来ちゃうものね」

「雨風だけならよろしいですが、最近は物騒（ぶっそう）な話も聞こえてきております。よからぬ者が侵入しやすくなるのは困りますから」

カーテンを閉めながら母さんがため息をつきました。

母さんが言ってるのは、最近ロージアを荒らす盗賊団のことでしょう。

貴族や金持ちの家から庶民の家まで、無差別に盗みに入るというタチの悪い奴らのことです。

「よからぬ者？」

「はい。近頃どこからかやってきた盗賊団が王都を荒らしているそうでございます」

盗賊団のことをご存知ない奥様に、母さんが簡単に説明しました。

「そうなの？」

「はい。公爵家の守りは万全でございますが、さすがにこのような荒天だと何が起こるかわかりません。もしもの時は隠し通路を使って外に逃げることもできますが」

「ちょ、ちょっと待って。隠し通路とか、私知らない！　今初めて聞きました〜！」

「これまで緊急の事態がなかったので後回しになっておりましたね。通路を使う場合はステラリアか誰かを必ず供につけますので、ご安心を」

「ならよかった〜。隠し通路で迷子とかシャレなんないですからね」

「はい。とりあえず今日は枕元に短剣を忍ばせておいてくださいませ。お守りでございます」

そう言って母さんは、いつもはサイドテーブルに入れてある短剣を奥様の枕の下に忍ばせました。旦那様がいないからですね。

「そ、そうね。まあ大丈夫だろうけど」

「はい」

枕をじっと見る奥様。きっと寝心地が〜とか考えているのではないでしょうか。

「ステラリア、今日は一緒に寝ない？」

枕から視線を私に動かしたかと思うとその一言。

いつもフランクな奥様ですが、さすがにそれはできませんよ。

「何をおっしゃってるんですか！　わたくしはすぐ側で控えておりますから、ご安心ください」

「ええ〜。じゃあこの部屋に簡易ベッドを……」

「ベッドがなくても休めますのでご安心ください。ステラリアと私はすぐ側におりますし、今日はお付きの者を増やしますのでさみしくはございませんよ」

「はあい」

母さんが奥様をなだめるように言いました。

侍女たちがたくさん控えているということに安心した奥様は、ようやくベッドに入る気になったようです。

いつもはしっかり者の奥様ですが、やはりこういうところは若いお嬢様ですね。旦那様はこういうところもかわいいと思うのでしょう。

「じゃあ、おやすみなさい」

奥様が横になるためにガウンを脱ごうとした時でした。

寝室の窓ガラスが派手に割れる音がしました。

「きゃぁっ⁉」

「奥様っ！」

割れた窓からどんどん吹き込んでくる雨と風。寝室の中まで嵐に巻き込まれたようになりました。部屋にいる侍女全員が、奥様の周りに集まります。何か飛んで来ればお守りせねばなりませんから。

しかし、入ってきたのは雨風だけではありませんでした。

「ヒュゥ〜。ここはハーレムか」

「さすがは公爵家。侍女もいい女ぞろいだ」

そう言いながら、ガタイのいい男たちが窓から侵入してきました。全部で四人。

「曲者(くせもの)！」

母さんは叫ぶと、持っていた警笛を鳴らしました。

侍女たちは一斉に奥様の周りを囲みます。暗器(あんき)はまだ、我慢。

私はとっさに奥様の枕の下から短刀を取り出し、

「これを、下着の中に」

奥様に耳打ちをして渡しました。こくりと小さく頷き、寝間着の中にそれを隠す奥様。これで最悪応戦できるでしょう。

ああ早く、誰か来てください！


しかし警笛は、他の場所からも聞こえてきました。

他の場所からもガラスの割れる音がします。いろんなところから賊が侵入しているということでしょうか？

どうしましょう。

奥様は気丈(きじょう)にも、その大きなサファイアの瞳も凛々しく侵入者たちを睨んでいます。

ここはおとなしく助けを待つしか、ない？

「そこにいるのが奥さんか？　ちょうどいい人質ができたな」

ニヤニヤ笑いながら男たちが近付いてきます。

ここは刺し違えるか？　私が密かに短剣をにぎりしめて覚悟を決めた時。

「奥様に手を出せば、この国の騎士団が黙っていないのをご存知ないのですか？　ただの騎士団ではありませんよ、その中でも精鋭部隊です」


母さんの厳しい声が響きました。

「はぁ？」

「どういうことだよ？」

一瞬ひるんだ男たちが聞き返してきました。

「奥様を人質に逃げるというならば、騎士団が地の果てまで追っていくでしょう。そして捕まったら最後、二度と陽の目を見ることはないでしょう、ということです」

「なっ……！」

「ふん、そんな脅し。今までですら俺たちを捕まえることができないようなへっぽこな騎士団だ、怖いことあるか」

「これまでは〝普通の〟騎士様でございましたからね」

気を取り直し凄(すご)む男にも母さんは怯みません。

「奥様の後ろにいる騎士様方は格が違います。まあ、あの方たちの実力を実際知ってしまってから

では手遅れですが」

「……チッ。少なくとも、公爵家のお宝を探してるうちは人質になってもらうがな！」

イライラと舌打ちする男。これで奥様が危害を加えられたり、どこかに連れ去られることはないでしょう。母さんの交渉は成功しました。

「とりあえず縛っておけ」

「おう」

男が苦々しそうに命令すると、後ろに控えていた男たちが縄を持って近付いてきました。

私は短剣を、そっとまた元の位置に戻します。見つかってはいけませんからね。

男たちは私たちの暗器には気付かないまま、一人残らず縄で縛り上げていきました。

「こんなの、後ですぐに解(ほど)いてやるんだから！」

奥様がぼそっとつぶやきました。目が燃えてます。そうですね、奥様ならこれくらいの結び目、あっという間に解けるでしょう！

奥様が意外と大丈夫なのがわかって、私がホッとしていると、

「奥様！　ご無事でいらっしゃいますか！」


そこに、公爵家の護衛騎士が扉を開けて登場しました。間(ま)がいい？　悪い？

「なんだ、護衛の騎士か。いいか、よ～く聞け。公爵夫人は俺たちが預かった。俺たちが無事にお宝を手にしたら返してやる。それまでは手をこまねいて見てな」

「くっ……」

護衛騎士は悔しそうに唇（くちびる）を噛（か）みました。

「屋敷の使用人どもを全部集めろ。ここは雨風が邪魔だから、どこか広い場所がいいな。おい、聞こえたか？　早く行けよ」

「………承知した」

護衛騎士は母さんと私に目配せをして、寝室から出て行きました。


この目配せの意味。


このことをロータスさんやベリスさん、父さんに知らせてくれるということ。そしてその三人は、他の使用人とは別行動を取り、緊急事態に当たるということ。今頃、精鋭の護衛騎士を連れて暗躍していると思います。旦那様にも連絡が入ってることでしょう。そしたら、ユリダリス様の耳にも入りますよね。

ああ、きっとお二人は来てくれます。

奥様、それまでの辛抱（しんぼう）ですわ！


しばらくすると、侵入者の仲間と思（おぼ）しき男とさっきの護衛騎士が寝室に戻ってきました。

サロンに使用人たちを集めたから、私たちも合流しろということです。

奥様を真ん中に、侍女たちで周りを固めて歩きます。移動する際にも奥様は少しずつ縄目を緩めていました。敵に気付かれないようにしているところがさすがですね。

サロンには屋敷にいるすべての使用人が集められていました。……建前上の。

やはりそこにはロータスさん、ベリスさん、父さんと、護衛騎士数名がいませんが、敵はそんなこと知りません。

「これで全部か？」

「そうでございます」

ロータスさんの上着を着た使用人（執事の身代わり）が答えました。

私たちは一箇所に集められています。私はなるべく奥様に寄り添いました。

「大丈夫、時間の問題です」

「そうね。ロータスたちがなんとかしてくれるわ」

「旦那様も、きっと来てくれますよ」

「うん、信じてる」

奥様にだけ聞き取れるくらいの小さな声で、私は奥様を励まします。

大丈夫、旦那様は来てくださいますよ！　もちろんユリダリス様も、きっと……！

一四・ユリダリスたちの、人質救出作戦

賊がこの嵐に紛れてフィサリス公爵家に侵入し、副隊長の奥さんとステラリア、そして公爵家の使用人（一部を除く）全員を人質にして立て籠ってしまった。

俺たちはさらにスピードを上げて公爵家に向かう。

「ヴィー！　どうか無事で！」

副隊長の声がかすかに聞こえた。俺たちもそう思う。

そして、

ステラリアも、無事でいてくれ！

いつも以上に長く感じられる道のり。

土砂降りの中、ロージアの街の中を駆け抜けた。

公爵家の手前で俺たちは馬を下り、物陰に隠れて様子を見る。賊が、門の外に見張りを置いているかもしれないからな。

悪い視界の中目を凝らして見ていると、門のところに人影を見つけた。

賊の仲間か？　だとしたら屋敷に侵入する場所を再検討しなくちゃなんねえ。

部下たちにも緊張が走ったのだが、

「あれはうちの護衛騎士だ」

副隊長が気が付いた。

「賊ではなく？」

「ああ」

副隊長は俺の言葉に頷くと、門の前にいた人物に合図した。

俺たちに気が付いた公爵家の護衛騎士は素早く走り寄ってきた。俺たちの到着を待っていたようだ。

「旦那様！　お待ちしておりました」

「遅くなった。で、中の様子は？　ヴィオラたちはどうなっている？」

「賊がサロンに奥様と使用人を集めて立て籠っている状況でございます」

「ロータスたちは？」

「ロータスとベリス、カルタムは先に分かれまして、精鋭の騎士とともにサロンの外にいる賊の仲間を取り押さえに動いているところでございます」

「わかった。賊は全員屋敷の中なのか？」

「そうでございます。外にはおりません。外は我々が守っております」

「承知した。まずは私たちも屋敷内に忍び込まないといけないな。どこから入るか……」

副隊長が考え込む。勝手知ったる自分の屋敷だからな。

「とりあえず厨房から入ろうか。貴重品が少ないから賊も警戒が緩いだろう」

「そうですね」

「全員馬をうちの護衛騎士に預けて、すぐさまミッション開始だ」

「「「「はっ！」」」」

後からまた護衛騎士が現れたので、俺たちは馬をそちらに預け、厨房のあるあたりまで様子を窺いつつ移動した。


副隊長の言う通り、厨房は人気がなく静かだった。

それでも細心の注意を払って物音を立てずに侵入する。

「自分の屋敷に極秘潜入とか、まさかそんな日が来るなんて……」

副隊長がぼやいてる。確かに。

部下が全員中に入ったのを確認した副隊長は、

「私が様子を見てこよう。さすがにうちの屋敷の見取り図は近衛の金庫にもないだろうからお前たちではわからないだろう」

ユリダリス後を頼んだ、そう言うと副隊長は自ら身を屈め、足音を忍ばせつつ厨房を出て行った。

「そうなんですよね～。フィサリス家のだけはどこにもないんですよ。情報も漏れて来ないし」

と、部下の誰かがつぶやいている。つかそれって、俺の実家の屋敷の見取り図は金庫のどこかにあるってことか⁉　まじかよ。……ていうのはおいといて。

「副隊長が戻ってきたら状況を確認しながら作戦会議だ。奥様や他の人質の命が最優先、公爵家の人間との連携も上手くとれるように気をつけろ」

「「「「はい」」」」

また俺たちは口を閉じ、屋敷内の様子（物音）に注意を払う。


……気持ち悪いくらいに静かだ。


聞こえてくるのは外の雨風の音だけ。

「賊が財宝を漁ってるのならもっと音がしそうなものですが」

「だよな。静かすぎる」

だからなおいっそう、俺たちも音を立てないよう息を潜めて副隊長の帰りを待っていると、

「サロン以外の賊は確保したそうだ」


行きとは違い、普通にシャキシャキ歩いて副隊長が戻ってきた。

「え⁉　誰が？」

「うちの使用人たちが」

「うっそ」


すげーな！　公爵家の使用人‼

俺たちが驚いていると、

「執事と庭師長、料理長が別行動をとって、邪魔者を片付けておいてくれたようだ」

「すげーなおたくの執事たち！」

前からハイスペックなのは知ってたけどさ、まさかそこまでとは……。

それに、料理長ってステラリアの父親じゃねぇか。あの人、そんな凄腕には見えなかったけど。

「エントランスに捕まえた賊を集めて、うちの護衛騎士たちが見張っている。応援の騎士たちが来次第引き渡す。私たちはサロンの人質救出に全力でかかるぞ」

「「「「はっ！」」」」


俺たちが作戦会議をしようとしているところに、公爵家の執事氏が合流してきた。カルタムさんや護衛騎士、そしてガタイのいい男の使用人を従えて。

「失礼いたします、旦那様。これまでわかっていることをご報告させていただきます」

「ああ、頼む」

「賊は全部で一〇名おりました。そのうち宝物を漁りに出た六名をすでに捕まえております。残るはサロンにいる四人でございます」

「それで、ヴィオラたちは無事なのか？」

「奥様は侍女たちに守られて無事でございます。侍女たちも無傷でサロンの隅に固められております」

「一刻も早く救出せねば」

「そうでございますね。もたもたしている暇はありません」

「どうする……か」


執事氏の報告を聞いた副隊長が、じっと一点を見つめて考えている。

どういう作戦を立ててきても、俺たちは遂行するまで。どんなきついミッションでも、今ならやりきれる自信あるよ。俺もさっさと終わらせたいんでね。

しばらく無言で考えていた副隊長が、

「よし。ではロータスとカルタムはサロン横の隠し通路で待機。ベリスと護衛騎士たちはダイニングのサロンに通じる扉のところで待機。人質に何かあったらすぐに飛び出せ。そして近衛たちは庭園側に回った、サロンの外で待機だ。サロンの中の敵の人数を二人まで減らしたいから、二人を先におびき寄せよう」

キリッと仕事モードの顔になったかと思うと、てきぱきと指示を出し始めた。

「おびき出す作戦の方は？」

「とりあえずダイニングにおびき寄せようか。あそこなら広いけど身を隠す場所もある。ベリス、わざと物音を立てて敵の注意を引け。敵が様子を見に来たところを捕まえろ」

「わかりました」

副隊長の指示に、庭師長のベリス氏が頷いた。え？　この人、庭師長でしょ？　そんなミッション遂行できるの？

「使用人と護衛騎士だけで大丈夫ですか？」

心配になった俺が声をかけた。庭師長って、素人でしょ。……大丈夫そうなガタイだけど。

「大丈夫でございますよ」

「ご心配には及びません」

執事氏とベリス氏がこっちを見てニヤッと笑ってる。そ、そうですか。

「一人を確保したら、今度はそいつが戻ってこないことにサロンの連中はイライラするだろう。そうしたらもう一人偵察を出すだろうから、そいつを確保する」

「わかりました」

またベリス氏が頷いた。

「サロンの賊が二人に減ったところで、庭園の近衛とダイニングのベリスたち、隠し通路のロータスたちで一斉に突入。人質を保護しろ」

「「「「はっ！」」」」

「「かしこまりました」」

「賊がロータスたちに気を取られている隙に、私とユリダリスでサロン正面から突入し、敵の背後をとる」

「りょーかい」

副隊長の指示に、各自了解する。

「合図は警笛。私が警笛を鳴らしたら一斉突入せよ。では各自持ち場につけ」

「「「「はいっ」」」」


手短に作戦会議は終了、各自持ち場へと散っていった。訓練されている近衛騎士たち（俺たち）はわかるけど、同じように動ける公爵家の使用人たちって何者なの……。


「上手くいけばいいけど」

「その時のためにここで偵察（ていさつ）してるんじゃないか」

「そっすね」


各自持ち場についたが、最後まで出番がない俺と副隊長はダイニング側の様子を見ていた。万一作戦が上手くいかなかった時はその場で作戦変更ができるように。

ベリス氏が持ってきたシルバーのお盆を派手に床に落とす。

ガシャン！　とわりかし派手な音が出た。これくらい大きくないと外の嵐でかき消されてしまうからな。

敵はどう出るか。固唾(かたず)を飲んで見守る。

少しすると、サロンからダイニングに続く扉が普通に開いた。逆光で顔ははっきり見えないが、ガタイのいい男のようだ。あたりをきょろきょろっと見回しただけで、すぐに出てくる。

「なんの用心もないのな」

「今サロンの外にいるのは仲間だけと思ってるんだろう」

俺たちがじっと息を殺している間にその男は扉を閉め、薄暗いダイニングに入ってきた。

「なんだ、盆が落ちた音かよ」

落ちているお盆を拾おうとかがんだところでベリス氏が音もなく背後に寄り、その首根っこに手刀を落とした。

一発で落ちたね！　すごいね、公爵家の庭師長‼

そりゃ心配ご無用だわ。俺はすっかり感心してしまった。

男が崩れ落ちるところを控えていた護衛騎士たちが抱き止め、縄でぐるぐる巻きにする。

「第一弾、作戦成功だな」

「次がどれくらい待つか。あまり時間をかけたくはないが」

伸びた男が先に捕まっている仲間のところに運ばれていくのを見ながら、俺たちは次のことを考える。

この扉の向こうにステラリアがいるのに、今すぐ助けに行けないもどかしさ……っ！

「くそっ。人質さえいなければさっさと突入して終われるものを。ああ、ヴィオラ、すまない」


あ、隣に同じ考えの人いたわ。


「ったく、なんかネコババしてんじゃねぇだろうなぁ？」

という声とともに再びサロンからの扉が開いた。

また俺たちの間に無言の緊張が走る。


次の偵察は、案外早くにやってきた。


時折稲光で明るく浮かび上がるダイニング。パッと見た感じは人気なくしんと静まり返ってる。

「おや？　他の仲間たちもどうしたんだ？」

静かすぎる邸内に、賊の男は首を傾げた。残念ながらみんな捕まった後だからな。

さっきから落ちたままにしてあったシルバーのお盆に気が付いた男が、

「これか。さっき落ちたのは」

そう言って拾おうと体をかがめて手を伸ばした隙に、またベリス氏の手刀が首に落ちた。今回も早業、男は声も上げることなくノックダウン。

ほんと、お見それします。

さっきと同じ手順で縛り上げられ、運ばれていく賊の男。

副隊長の計画通り、サロンの賊を二人にまで減らすことに成功した。


ベリス氏たちをそのままダイニングで待機させ、俺たちはエントランス側の扉で配置についた。

「ロータスたちが動いた気配がないから、中の人質はまだ大丈夫だろう」

「ちなみに、どこから見てるんですか？」

「隠し通路の中からな。サロンの中の様子が見れる小穴が開いている」

「なるほど」

まあよくある話だな。うちの実家にもあるわそれ。

そんなのぞき穴もない俺たちは、オーソドックスに扉にそっと耳をつけ、中の様子を窺う。

「様子を見に行った二人はまだか？　それに他の奴らも、そろそろずらかんねぇと追っ手が来るぞ」

「今日はやけにもたもたしてるな。屋敷が広いからか?」

「追っ手が来たら、この人質どもを連れて逃げるか」

「そうだな」

仲間たちが戻ってこないことにイライラしだした中の二人。これは急がないと。人質に手を出さ
れちゃたまんねぇ。

「そろそろ決着つけますか」

「だな」

俺の言葉に軽く頷いた副隊長は、持っていた警笛を口に含むと、

ビリリリリリ‼

一気に吹いた。

ガッシャーン! とか、バッターン! という派手な音がサロンの中から聞こえた。
うわぁ、サロンのガラスってめちゃくちゃ高級品だよなぁ。壊れたらすんごい金が飛んでいく
……って、今はどうでもいいか。
そんなことより、

「くっそ！」

「大丈夫だ、他の仲間がいるんだ、落ち着け！」

という声が中から聞こえてくる。残念だな、外の仲間は全員とっくに捕まってるんだよ。


「そろそろか」

「行くぞ」


副隊長と俺はお互い目を見交わすと、一気にサロンの扉を開けた。

サロンに飛び込んだ瞬間に、俺の目に入ってきた光景は。

奥様とその周りを取り囲むようにして立っている侍女たちと、それをさらに囲み守るようにして構える執事氏やカルタムさんたち、そしてうちの部下たちの姿。

そちらに気を取られ、扉——俺たちに背を向けて立つ、二人の賊の姿だった。

賊はそれぞれに短剣を持っていた。


「人の家で何をしてくれている？」

「残念ながらここまでだな」

副隊長と俺、それぞれ愛用の剣を抜くと、賊たちの無防備な首筋にピタリと当てた。

「ひっ……！」

引きつった声を上げる賊の向こうから、

「サーシス様！」

「ユリー様！」

奥さんとステラリアの声がした。

「ヴィー、遅くなってすまなかった」

「みなさんが守ってくださってたから、私は全然大丈夫ですっ！」

「リア、待たせたね」

「来てくださるって信じてましたから」

俺たちは賊越しに声をかける。ステラリアは騎士や侍女たちに守られた真ん中で、奥様を抱きかかえるようにして守っていた。

彼女のことだから、奥様に何かあったら刺し違えても守るんだろうな。ま、そんなことはさせないけど。

「まあ、大丈夫だったからといって許せるものでもないけどな」

副隊長と俺の言葉がかぶった。おや、奇遇ですね。

「どうしてくれましょう？　ジワジワいっときます？」

「いや、ここはさっさと片付けてしまおう。それはまた後だ」

「りょーかい！」

まずはステラリアたちを解放しなくちゃな。

「ダリア、ヴィーの目と耳を塞いでおいてくれ」

「かしこまりました」

俺たちが暴れるのを見せたくなかったのか（そんなにエグいことするつもりだったのか!?）、副隊長がダリアさんに言ったけど、

「いや、大丈夫ですから。存分にやっちゃってください」

奥さん、ふっつーに遠慮してました。見る気満々だな。

「リアは……」

いちおう俺もステラリアに聞いたけど、

「おかまいなく」

という返事。ま、立ち回り見て気を失う子じゃないか。

「遊びはなしだ。一気に行くぞ」

「おっけー」
「ユリダリス、どっちが早く落とすか競争だ」
「おお〜、燃えますね！」

そう言うが早いか、俺たちは行動を再開した。

副隊長は剣を使ってさっさと相手の短剣を払い落とすと、すかさず足払いをかけた。堪えきれず仰向けに倒れた賊の上から、みぞおちめがけて体重かけた肘を落とした。
俺は低い重心から懐に入り一本背負いからの腕ひねり上げ。痛みに耐えかねたのか短剣は簡単に奪えた。

あっという間に俺たちの足元に転がる賊二人。

「う〜ん、どっちも同じくらいでしたねぇ」
「そうでございますね」

奥さんとステラリアが判定した。
勝負は引き分け、らしい。

「私の方が早かった！」

「い〜や、俺だ！」

「はいはい二人とも早かった早かった」

賊を縛り上げていたカモミールに、適当に言われた。

最後はあっけなく勝負がつき、賊は全員騎士たちに連行されていった。

さっきの突入劇でぐちゃぐちゃになった公爵家のサロンは、使用人たちが素早く後片付けに動いている。

あんなに激しかった嵐も、いつの間にかおさまっていた。

「サーシス様！　お怪我はございませんか⁉　怪我する前に終わっちゃった気もするけど」

ようやく自由の身になった奥さんが副隊長のところに駆け寄ってきた。

「ヴィー！　ヴィーこそ大丈夫だった？　怖い思いをさせてしまったね。なんとかヴィーのピンチに間に合ってよかった」

「サーシス様はきっときてくださるって信じてました。だってサーシス様は私だけの騎士様ですもの。今日もカッコよかったですよ。惚れ直しちゃいました」

「そう言ってもらえたらうれしいな。大雨の中、馬を飛ばして帰ってきた甲斐があったよ」

奥さんなんかキャラ変わった？　そんな直球で副隊長に甘える人だったっけ？

まあ、それだけ怖い思いしたってことか。


なんか目の前で上司とその奥さんがイチャイチャしてるので、ここは見ないふりをしておこう。

それよりも。

「リア！　大丈夫だった⁉」

「はい！　助けに来てくださってありがとうございます。嵐さえ、あんなにひどくなければこんなことにはならなかったのに……」

「ユリダリス様、旦那様とともに駆けつけてくださり、ありがとうございました。おかげで屋敷の者もみな無事でございました」

ダリアさんも頭を下げてくれる。

「街中の見回りを強化していたのと、公爵家の一報が早かったのが幸いしました。ああでも、リアが人質に取られてるって知ってからは生きた心地がしなかったよ」

「あら。わたくしはユリー様が必ず助けに来てくださると信じておりましたから、大丈夫でございましたよ？」

「もちろん、リアのピンチにはどこまでも助けに行くから！　でもそろそろ俺たちは退散しますね。リアも、今日は疲れたでしょう。ゆっくり休むといい」

夜もかなり更けたことだし、屯所に戻って隊長やそのまだ上の人たちに報告する書類を作らないといけないし……と考えていたら、

「お二人とも、雨に濡れたままじゃないですか！」

「ああ？　急いで帰ってきたからね。雨よけの外套は着ていたんだけど、そんなもので凌げるような雨じゃなかった」

「早く着替えないと……いえ、早く温まらないとお風邪を召してしまいます」

「大丈夫だよ」

「いいえ！　ローザ、湯殿の用意をして。サーシス様、ユリダリス様と一緒にさっさと温まってきてください！」

「え？　なんでユリダリスと」

「一刻も早く温まっていただきたいからです！」

「ユリダリスじゃなくてヴィーと一緒が……」


なんて会話が聞こえてきた。

おいおい奥さん、なんで俺が副隊長と一緒に風呂なんて……！

「あ、俺も遠慮……」

俺が抗議の声を上げようとしたのに、

「あら、もう用意できたそうですよ、じゃあ、行ってらっしゃいませごゆっくりどうぞ。お着替えは用意しておきますから」

奥さんったら、まるで無視。

副隊長と俺をわざわざ寝室まで引っ張っていくと、そのまま湯殿に押し込めてしまった。


「「ええ～……」」

巻き込まれ事故。


「誰かこの状況を説明してください」

「それは僕のセリフだ」

なんでかわいい婚約者じゃなくてむさい（いや美形だけどさ）男と一緒に風呂なんて入ってるんだろうねぇ、俺。

「なぁ、副隊長。奥様ってかなりの天然……」

「言うな。知ってる。知ってるけどそこも愛してる」

「はいはい」

一五・ステラリア、ホッとする

刻々と時間が過ぎていく中でも、私たちはできることをやります。

奥様と側付きの侍女はまず、腕の縄を解きました。解いた縄を腕にかけておいてフェイクも忘れません。

私たちが終わると、その他の使用人たちが解く。少しずつですが、みんなの縄は確実に解けていきました。


後はきっかけを待つだけ。


母さんはずっと、サロンののぞき穴を気にしていました。そこは隠し通路からサロンを見張れる場所。サロン側からはわかりにくくなっていますが、小さな穴があるのです。

もし外で何か動きがあれば、そこから合図がくるはず。

それを母さんは見逃さないよう、さりげなく見ているのです。そうとわかるのは私たち使用人くらいです。

しばらくすると、母さんが『きた』と、口パクで合図してきました。

私も小さく頷きます。

周りにも、少しずつ知らせます。

さあ、これからはいつでも立ち上がって戦う準備をしなくては！

サロンには四人の男がいたのですが、二人が外の様子を見に行ったきり帰ってこなくなりました。

「様子を見に行った二人はまだか？　それに他の奴らも、そろそろずらかんねぇと追っ手が来るぞ」

「今日はやけにもたもたしてるな。屋敷が広いからか？」

「追っ手が来たら、この人質どもを連れて逃げるか」

「そうだな」

サロンに残った男たちがだんだんイライラし始めました。さっきの母さんの話も忘れてしまっているようです。

あまりよくない傾向ですね。私たちの間にも緊張が走りました。


その時です。

ビリリリリッ！　と警笛が鳴り響くと同時に、カーテンを閉じたままだった庭園に面するガラス窓からは近衛の制服を着た騎士様がたが。

ダイニングに通じる扉からはベリスさんと、別行動していた公爵家の護衛騎士が。

隠し通路の扉からはロータスさんと父さんが。


一気に飛び込んできました。


「奥様、お待たせいたしました」

「マダ～ム、怖い思いをさせましたね～」

「ロータス！　カルタムっ！」


それと同時に、捕らわれていた私たちも一斉に動きました。隠し持っていた暗器を手に、奥様を囲んで立ち上がります。

私は、奥様を守る最後の砦ですから、しっかりと奥様を抱きかかえます。

「ほら、助けが来ましたでしょう？」

「ええ、やっぱり！」

奥様の顔が少し緩みました。でも肝心のアノ人たちがまだですけどね。


「くっそ！」

「大丈夫だ、他の仲間がいるんだ、落ち着け！」

敵の男たちが慌てて短剣を構えなおしました。もうこのような状況になっている以上、既に勝負は決まってるのに。悪あがきですね。

近衛騎士様と私たちが、男たちと睨み合いみたいになっていると、

「人の家で何をしてくれている？」

「残念ながらここまでだな」

いつの間にか男たちの背後に来ていた旦那様とユリダリス様が、剣先を男の首に当てて立っていました。

目を見開き「ひっ……！」と声にならない声を上げる男たち。

「サーシス様！」

「ユリー様！」

思わず声をかけた私と奥様に、

「ヴィー、遅くなってすまなかった」

「リア、待たせたね」

安心させるように微笑みかけてくれたお二人。やっぱり、来てくださいましたね！

お二人は、奥様と私の目と耳をふさぐように言いましたが、そんなの聞けません！　ユリダリス

様の勇姿は、しっかり見届けさせていただかねば。

それは奥様も同じようで、「二人ともめちゃくちゃかっこよかったぁ〜。眼福でしたね」と、後から興奮気味に言ってました。


とにかく、お二人は圧倒的に強かったです。

敵に一瞬も反撃の隙を与えず。気がつけば敵は、お二人の足元に転がっていました。

王宮勤めをしている時に何度かユリダリス様たちが剣や体術の稽古をしているところをお見かけしたことはありましたが、間近で見ると違いますね。

惚れ惚れしてしまう体さばきでございました。


「リア！　大丈夫だった⁉」

ユリダリス様は私の元に駆け寄って来てくださると一番に心配してくださいました。

やはりお優しい方でございますね。

「はい！　助けに来てくださってありがとうございます。嵐さえ、あんなにひどくなければこんなことにはならなかったのに……」

助けが来てホッと気が緩むと、悔しさが湧いてきました。

キュッと唇を噛みます。

「ユリダリス様、旦那様とともに駆けつけてくださり、ありがとうございました。おかげで屋敷の者もみな無事でございました」

私の横では母さんが頭を下げています。

「街中の見回りを強化していたのと、公爵家の一報が早かったのが幸いしました。ああでも、リアが人質に取られてるって知ってからは生きた心地がしなかったよ」

ユリダリス様は私の頬に手を当て、ホッとしたように微笑みました。

よく見るとユリダリス様、髪も服も濡れています。

この嵐の中、駆けつけてくれたのですね！　ますます惚れ直してしまうじゃないですか。

「あら。わたくしはユリー様が必ず助けに来てくださると信じておりましたから、大丈夫でございましたよ？」

「もちろん、リアのピンチにはどこまでも助けに行くから！　でもそろそろ俺たちは退散しますね。リアも、今日は疲れたでしょう。ゆっくり休むといい」


気がつけば、もうすっかり真夜中です。

いつの間にか嵐はおさまり、小雨になっていました。

ユリダリス様も、嵐の中飛んで来てくださったり、賊と戦ったりしてお疲れですよね。早く帰して差し上げないと――

「お二人とも、雨に濡れたままじゃないですか！」

「ああ？　急いで帰ってきたからね。雨よけの外套は着ていたんだけど、そんなもので凌げるような雨じゃなかった」

「早く着替えないと……いいえ、早く温まらないとお風邪を召してしまいます」

「大丈夫だよ」

「いいえ！　ローザ、湯殿の用意をして。サーシス様、ユリダリス様と一緒にさっさと温まってきてください！」

「え？　なんでユリダリスと」

「一刻も早く温まっていただきたいからです！」

「ユリダリスじゃなくてヴィーと一緒が……」

なんていう、奥様と旦那様の声が聞こえてきました。

思わず顔を見合わせる私たち。

「あ、俺も遠慮……」

ユリダリス様が苦笑いで抗議の声を上げようとしたのに、

「あら、もう用意できたそうですよ、じゃあ、行ってらっしゃいませごゆっくりどうぞ。お着替えは用意しておきますから」

奥様ったらまるでお構いなしで、お二人を寝室に引っ張って行ってるし！


「「ええ～……」」

旦那様とユリダリス様の嫌そうな声が響いてきました。

「あらやだ私ったら」

旦那様とユリダリス様が湯殿に入ってしばらくした頃、奥様がハッとして口を押さえました。

「どうかなさったんですか？」

「え～と、私ったらあんまり考えずにお二人を同じ湯殿に押し込めてしまったけど、よく考えたらユリダリス様には別の部屋の湯殿を使ってもらえばよかったのよねぇ」

「えっ……」

今更です、奥様！

「男の方が二人でも十分余裕はあるけど、やっぱり狭いわよねぇ」

そして悩みどころはそこですか！

一六・ロータスたちは裏で動く

朝からいやな感じの天気でございました。

私――フィサリス家執事のロータスは、使用人用ダイニングでカルタムと仕入れる食材のことで打ち合わせをしていました。

「これは崩れそうですねぇ」

カルタムが窓の外を気にしながら言いました。

「本当に」

私も、窓越しの空を見上げます。

「こんな日に限って旦那様は留守ですし」

「奥様が心細い思いをされなければよろしいのですが」

「そうですね」

私は再び空を見上げました。

天気が悪いだけならいいのですが、近頃ロージアに出没する盗賊団の話も不気味なのです。

天気の悪い日や月のない夜を狙って犯行を繰り返す盗賊団が、今、王都を跋扈(ばっこ)しているのです。

フィサリス公爵家はフルールでも有名な資産家ですから、いつ狙われてもおかしくありません。

「……今のうちに緊急時のことを確認しておかねばなりませんね」

「緊急時？　……ひょっとして、今噂の盗賊団のことですか」

私のつぶやきに、カルタムが反応します。

「ええ、そうです」

「神出鬼没(しんしゅつきぼつ)な奴らだそうで、騎士団も手こずってるようですからねぇ」

「万が一に備えておくのも悪くないでしょう？」

「おっしゃる通り」

「この後ベリスや騎士長を呼んで、緊急時のことを確認しておきましょう。カルタムも来てください」

「了解です」

常に備えはありますが、こうして時々確認は必要ですからね。何か起こってからでは遅いのです。


その後、ベリスたちを私の執務室に呼び、緊急時の備えを擦りあわせました。

旦那様不在の場合は旦那様に連絡する。奥様の安全確保。場合によっては隠し通路に誘導。もしもなんらかの都合で使用人全員が身動きとれない場合は、私とカルタム、ベリスと騎士長、そして御庭番と護衛騎士の中でも精鋭の者数名が別行動をする。

細かいことはいろいろございますが、大まかなところはこんな感じです。

「何もないことが一番ですが、最近は物騒なので気を引き締めておいてください」

「「かしこまりました」」


後になってからですが、この時ミーティングをしていてよかったと、心から思いました。

時間が経つにつれどんどん天気は悪くなり、日が沈む頃にはすっかり嵐になっていました。盗賊団よりガラス窓のことを心配しなくてはいけませんね。雨風が強いので枝などが飛ばされてきて、ガラスを割ってしまっては大変です。

屋敷内に異常がないか、燭台(しょくだい)片手に私が確認して回っていた時でした。

ガシャン！　というガラスの割れる派手な音と、闇をつんざく警笛の音が聞こえてきました。

警笛――非常事態が起こった場合、屋敷全体にそれを知らせるために鳴らすホイッスル。広範囲に聞こえるように特別に作らせたそれが、お屋敷の中、外から聞こえてきました。

同時に数ヶ所！

上の階からも聞こえました。寝室でなければいいのですが……。

この階は……大広間あたりでしょうか？

外は激しい雨と風で視界も悪いですから、その隙を狙って外の警護の目をくぐり抜けてきたのですね！

とっさに燭台の火を消し壁の飾り剣を手に取ると、柱の陰に身を隠して、様子を窺います。

やはり大広間のガラスを割って入ったらしく、ドヤドヤとガラの悪い連中が扉を乱暴に開けて廊下に出てきました。

一、二……六人ですか。噂に聞いていた盗賊団より数が少ない……？

いや、さっき上の階からもガラスの割れる音がしましたから、残りはそっちにいるのでしょう。

まずは正確な人数が知りたいところですが……。

見ていると二人ずつに分かれて、屋敷内を物色するようです。屋敷内に散っていきました。

外の警護に当たっていた護衛の騎士たちも中に入ってきました。男たちの侵入を確認したからでしょうか。

「どういう状況か、説明を」

「はっ」

そこに騎士長を見つけたので事情を聞くために、柱の陰に引き入れます。

「嵐に紛れて賊が侵入しました。大広間と、おそらく二階は寝室に押し入っていると思われます」

声を殺し、騎士長がかいつまんで説明しました。

「寝室ですか……それはマズイですね」

「はい」

「まず第一に旦那様に知らせましょう」

「伝令を連れてきます」

「その間にメモを認（したた）めておきましょう。同時に護衛騎士数名を隠し部屋に呼んでください」

「かしこまりました」

素早く辺りを見渡し、騎士長は足音を忍ばせて闇に消えて行きました。

私は騎士長が出て行くのを見届けてから、隠し扉を通って隠し部屋に行き、騎士とカルタムたちの到着を待ちました。

私が隠し部屋で旦那様宛のメモを認めていると、そう待たずに伝令の者がきたのでメモを託し、すぐに王宮に向かわせました。旦那様に一刻も早く伝わりますように！

祈るような気持ちで使者を送り出した後は、ぐずぐずしてる暇はありません。一刻も早く侵入者たちを排除せねば。


伝令が出て行くのと入れ違いに、寝室の様子を見に行っていた騎士が戻ってきて、

「奥様とお付きの侍女たちが人質に取られています。寝室の賊は四名で、広い場所に使用人全部を集めろと言ってきています」

と報告しました。

「寝室に四人、ですか……。では、賊は少なくとも一〇人はいるということですね。わかりました。かねてからの決め事通り、精鋭の騎士数名と御庭番数名、騎士長、カルタム、ベリス以外を全使用人だと言ってサロンに集めるように。適当に誰か、執事（私）の身代わりをさせてください。ミモザとデ

イジーは隠し部屋に隠してください。外のことはこちらでなんとかしますから、奥様のことは任せました」

私は自分の上着を騎士に預けながら念押しします。

考えている暇はありません。かねてからの決め事通りに指示をします。

「かしこまりました」

騎士は上着を受け取り、また戻って行きました。


最悪の事態です。奥様が人質に取られてしまうとは……！

ダリアもステラリアも、そして今日はいつもより多い侍女たちが付いているから大丈夫とは思いますが、一刻も早くお助けせねば。


「カルタム、ベリス、御庭番、参りました」

「騎士長、騎士、参りました」

騎士が出て行ったすぐ後に、カルタムたちがやってきました。

さすがに素早い。これですぐにでも行動できるというもの。

「奥様たちはサロンに移動されました」

「ミモザとデイジーは隠し部屋にいます。外が荒れているので、デイジーが泣いても声は漏れないと思います」

「……ありがとう」

騎士たちの報告に、ベリスがお礼を言いました。赤子のデイジーを巻き込むわけにはいきませんよ。そんなかわいそうなことできません。

「屋敷の外の確認をしていた者からの報告ですが、外にはもう仲間はいないということです」

「わかりました。ということは、敵の人数は一〇名で確定ということですね。――旦那様がお戻りになる前に全員捕まえておきたいのは山々なのですが、人質を取られている以上、なかなか難しい。まずはサロンの外の賊を排除に動きましょう」

「慎重に、かつ素早く、ですね」

カルタムが真剣な顔をしています。カルタムも、ダリアとステラリアが人質に取られていますからね。

「いわずもがな。気を抜かず、いきましょう」

「はい」


特に今更打ち合わせることはありません。

ベリスが御庭番を連れ、私とカルタム、騎士長がそれぞれ騎士数名を連れて、分かれて賊の討伐に向かいます。

「みなさん、くれぐれも気をつけて」

「「「「はっ」」」」

静かに行動開始です。公爵家に押し入った賊たちに、後悔させてあげましょう！

公爵家の屋敷図は外に漏れていないはず。金庫は地下で、常に見張りがいるので即御用になるから大丈夫でしょう。

貴重品、特に宝石類は奥様のクローゼットにしまわれていますから、まずはそこからでしょうか。

やつらには、あの部屋が奥様のいた部屋＝寝室とバレていますからね。

そう考えて寝室に急ぐと、やはりいました。

寝室をあちこち物色する男たち。

「しっ。いましたよ」

私たちは扉の陰に隠れて中の様子を窺います。

「綺麗なドレスや宝石類がいっぱい〜」

「ごっそりいただいて行こうぜ」

「袋に入りきらねぇんじゃねえの？」

「詰め込めるだけ詰め込め！　他の奴らも呼んでこようぜ」

「いいね～」


どうやらクローゼットの中にいるようです。中から興奮した声が聞こえてきました。

「クローゼットから出てきたところを襲いましょう」

騎士たちに小声で指示を出します。無言で頷き『了解』の意思を示す騎士たち。

片割れがクローゼットから出てこちらに向かって来る気配がします。私たちはそれを、息を殺してタイミングを計ります。

一歩一歩、扉に近付いてきて……。

『今です』

私は騎士たちへの目配せと同時に飛び出し、男のみぞおちに剣の柄を食い込ませました。

突然の襲撃に、目を見開き、声も出せないままにその場に崩れる男。

簡単でしたね。

騎士たちが気を失っている男を縄で縛り上げるのを確認すると、私はさらにクローゼットに近付きます。

音を立てないようにクローゼットの扉に背を預け、また中の様子に注意を払います。

「そろそろ袋がいっぱいだぜ？　お～い、まだ戻ってこねぇのかよ」

貪欲(どんよく)にドレスや飾りを持って行こうとするもう一人の男が、外に向かって声をかけました。

「なんだよ～、まだかよ～。仕方ねぇ、シーツに包んで持って帰るとするか」

まだ仲間が帰ってきていないと思った男が、クローゼットから出てきました。


扉のところに潜んでいた私は、出てきた男の首の付け根を狙って剣の柄を落としました。


綺麗にハマり、男が息を詰めて倒れます。

ふう。こちらも終了です。


「これも縛って。私が指示するまでここで待機しておいてください」

「「はっ！」」

「私は他の部屋を見てきます」

縛り上げた二人をそのまま騎士たちに見張らせ、私は他の援護に回るために寝室を後にしました。


貴重品を探して屋敷内をうろつく賊……どこにいる？

私が考えているところに、

ドッターン……!!　ズン。

という、何か重たいものが倒れる音がしました。

重くて倒れるもの……は、本棚……？　本棚が倒れた？　ということは図書室からでしょうか？

見当をつけた図書室に急ぐと扉が開いており、本が散乱した中で見知らぬ男二人とカルタム、そして騎士たちが対峙していました。

「カルタム！」

「ロータスさん。そっちはもう済んだんですか？」

「ええ、寝室にいたところをあっさりと」

「さすがですね。こっちは、別の部屋を物色しているのを見つけてここに追い詰めたところです」

「そうですか」

「ではこちらも負けずにさっさと捕まえておきますか」

「そうしましょう」

カルタムは不敵な笑みを浮かべると、研ぎ澄まされた包丁を構えました。

騎士たちも剣を抜きます。

私も念のため剣を構えました。まあ、カルタム一人で十分でしょうけどね。

相手も短剣を構えました。

「お前らなんて、俺ら二人で十分だ」

腕に自信があるのか、男はニヤニヤしながら言っています。

「……やれやれ。我々、〝ただの〟使用人と思われているようですねぇロータスさん」

呆れ顔で首を振るカルタムに、

「押し入った家を間違えたこと、後悔させてやりましょう」

私もにっこりと微笑んで答えました。

「後悔するのはそっちだ！」

こちらの余裕にイラついた男は、そう叫ぶと先に行動に出ました。

タンッとテーブルを蹴って飛び上がり、こちらに斬りかかってくる身のこなしは軽く。カルタムが狙い澄まして投げた包丁も難なく躱しました。

「ほう、躱しましたか。……しかし甘い」

面白そうに微笑んだカルタムはそう言うと、いつの間にか手にしていたペティナイフを投げつけます。

「おっと！　……ぐえっ!?」

賊はそれもまた飛び上がって躱したまではよかったのですが、今度はナイフを投げたと同時に素早く動いていたカルタムの肘鉄をまともにわき腹にくらい、床に叩きつけられました。

「もうちょっと手応えあるかと思ったんですけどねぇ」

パンパンと手を叩くカルタムに、それまで黙って見ているだけだったもう一人の賊が、近くにあったペーパーナイフをカルタムに向かって投げつけました。

「危ない！」

私が剣でそれをなぎ払ったところで騎士たちがさっと陣形を組み、もう片方も簡単に捕らえることができました。

「ベリスの様子を見に行ってきます。カルタムたちはここでこいつらを見張って待機していてください。サロンの様子にも気をつけて」

「わかりました」

私はベリスたちの様子を確認するため、図書室を出ました。


これで四人は片付きました。残る二人はどうなっているのでしょうか？


今度は大広間の隣、お客様用の控の間から音が聞こえてきたのでそちらに急ぎました。

「な〜んだ、私設の騎士じゃねぇのか」

「さっさと殺ってお宝もらって帰ろうぜ」

「数より腕っしょ」

ちょうどベリスたちと賊が対峙しているところのようです。

ベリスたちを見て馬鹿にしたように言う男たち。まあベリスたちは、見た目ただの使用人ですからね。

ニヤニヤしながら腰にさした短剣を抜く賊たちは、油断しているのがありありとわかります。


二対五で、数も〝腕〟もこっちが上。


フェアじゃありませんね。私は扉の陰から中を見守りながら、思わずニヤッとしてしまいました。

「いい、俺が始末する。縄を用意しとけ」

「はい」

構える御庭番たちを制してベリスが前に出ます。ここもベリス一人で十分でしょう。私はここから見物させていただきます。

ベリスが一人で出て行ったので、逆になめられたと思った男たちは逆上すると、

「カッコつけやがって！　行くぞ」

「おう！」

ベリス一人に対して二人がかりでかかってきました。

前と横。二方向から一斉に飛びかかってきたのを、まずは身を低くし躱しました。

後ろか。

今のいなしで一番体勢が崩れた敵を瞬時に見抜いたベリスは、後ろにいた方の足を払い、倒れたところに体重をかけて肘を落としました。もちろんみぞおち狙いで。

鮮やかすぎですね。お見事、と拍手したくなりました。

「～～～っ‼」

声にもならない呻きをあげて、一人目が落ちました。

残るはもう一人。

ベリスは気絶した賊が持っていた短剣をサッと奪うと、唖然としていた男に向かって勢いよく投げました。それは男が短剣を握っていた方の手に見事に命中。

さすがはベリス、傷つけないように柄が当たるように投げたから、せいぜい打撲くらいしかしていないでしょう。

男はその痛みにパッと、短剣を落としました。

またベリスは素早く動き、落ちていた二つの短剣を蹴って遠ざけ、そのまま痛みに呻く男に後ろ蹴りを食らわせました。

吹っ飛んでいったところを他の御庭番が捕まえ、二人目終了。

これでサロンにいる四人以外は全員捕まえたことになりました。


「お疲れ様、ベリス」

「ロータスさん。……見てたんですか」

「ええ。援護など必要ないでしょう?」

「………」

「これでサロンの外にいるすべての賊を捕まえることができました。残るはサロンの四人のみです」

「……どうしましょう」

「そうですねぇ。とりあえず捕まえた賊たちを騎士様が到着したらすぐに引き渡せるよう、エントランスに集めましょう。伸びてるほかの四人も運んで行きますから、ベリスは先に行っててください。サロン近くは避けるようにして。くれぐれも慎重にしてください」

「わかりました」


ベリスたちが賊を運んで行くのを見届け、私は待機させていたカルタムたちを呼びに行きました。

次はサロンをどう攻略するか……。

エントランスで次の作戦会議を開こうとしたところでした。


「ロータス！」


ひそめた声で私の名前を呼ぶ声が……って、旦那様！

髪も制服もビッタビタで……。この嵐の中、奥様のためにお戻りくださったのですね！

「旦那様！　お戻りになられていたんですね！」

「ああ、先ほど屋敷に侵入成功したところだ。ところで今の状況はどうなっている？」

「はい。賊は全部で一〇人でございました。サロンにはいまだ賊が四人いて、奥様たちを人質に立て籠っております。それ以外の……サロン以外の賊は先ほど全員捕まえたところです」

「マジか！」

私がエントランスの床に伸びている賊たちを示せば、さすがに目を丸くする旦那様です。

「まあ、うん、お前たちなら朝飯前か。とにかくでかした。では、残るはサロンの中だけなんだな？」

「そうでございます」

「わかった。そちらは僕たちがなんとかしよう。外に騎士たちも到着しているだろうから、賊はそいつらに引き渡して、ロータスたちは僕たちに合流しろ。今、厨房に潜伏している」

「かしこまりました」

旦那様のおっしゃる通り、いつの間にか外には騎士様がたくさんいて、お屋敷を守るようにしていました。

細心の注意を払って捕獲した賊たちを騎士様に引き渡し、私たちは旦那様に合流です。

厨房には旦那様やプルケリマ小隊長以下、部下のみなさまが勢揃いしていました。

いつもは楽しい方々なのですが、今日はきりりと顔を引き締めた凛々しい騎士様です。

旦那様が鮮やかに指揮をとられます。

旦那様のお仕事ぶりを目の当たりにして、不謹慎ですが安堵してしまいました。

ああ、ちゃんとお仕事なさっているんですね、と。なにぶん私は、普段のお姿しか拝見しておりませんので……。

あの旦那様が……と、泣きそうにもなりましたが、それはこの事件が解決してからにしましょう。

お仕事モードの旦那様の采配で残りの四人もあっという間に確保、奥様や人質になっていた使用人も無事に解放されました。

「サーシス様！　お怪我はございませんか⁉　怪我する前に終わっちゃった気もするけど」

「ヴィー！　ヴィーこそ大丈夫だった？　怖い思いをさせてしまったね。なんとかヴィーのピンチに間に合ってよかった」

「サーシス様はきっときてくださるって信じてました。だってサーシス様は私だけの騎士様ですもの。今日もカッコよかったですよ。惚れ直しちゃいました」

「そう言ってもらえたらうれしいな。大雨の中、馬を飛ばして帰ってきた甲斐があったよ」


奥様がいつものキャラではありませんね！　そんな旦那様に甘えたことをおっしゃるなんて……よほど怖かったのでしょう！　……こほん、いや、旦那様に甘えるのはいいことですよ。この件で、さらにお二人の絆が強まったのではないでしょうか。まさに雨降って地固まりましたね！

奥様が旦那様に駆け寄り、仲睦まじい様子を見せる主人夫婦にホッコリしていたのですが、今日はここだけではありませんでした。


「リア！　大丈夫だった⁉」

「はい！　助けに来てくださってありがとうございます。嵐さえ、あんなにひどくなければこんなことにはならなかったのに……」

「ユリダリス様、旦那様とともに駆けつけてくださり、ありがとうございました。おかげで屋敷の者もみな無事でございました」

ステラリアに駆け寄ったプルケリマ小隊長様。

こちらも仲睦まじい様子でよろしゅうございました。

「私も頑張ったんですけど？　外で頑張ってたんですけど？」

プルケリマ小隊長様とステラリアとダリアの様子をじとんと見ているカルタムが、私の横でつぶやいていました。

エピローグ

王都を震撼（しんかん）させていた盗賊団による『フィサリス公爵家襲撃事件』は、公爵家使用人たちの尋常（じんじょう）じゃない活躍（暗躍？）と、イカれた……げふげふ、怒れる副隊長と騎士団の働きにより無事に解決した。

人質になった奥様も使用人たちも全員無事、もちろんステラリアも。

「お屋敷の片付け、大変でしたのよ」

それから数日後の休みの日。

ステテリアとのデートの約束があったので迎えがてら公爵家に行くと、そこらじゅうに板が打ち付けられていた。

賊の侵入や俺たちの突入作戦の時に派手に割ったガラスがあったところだ。

特注の大きなガラス板が何枚も割れたもんなぁ。金額考えただけでも……恐ろしい。でも補修されるガラスはすべて無料だ。というのも、ガラスを作っているのは例の盗賊たちだから。


あれから。

盗賊たちを捕まえたその足でアジトに踏み込み、これまでに盗まれた金品を没収した。

持ち主がわかっているものは持ち主に返され、金は被害に応じて分配された。

それでもあいつらがすでに売ったり使ったりした分、当然盗品や金は減っているので、そこはこれから奴らの労働報酬で補うことになった。

侵入の際に破壊したもの（今回のガラスや絨毯みたいなもの）は、自分たちで作って自分たちで補修させることにしている。もちろん、盗賊捕縛作戦の際に俺たちが破壊したものも含む。

まずは厳しい監視のもとガラス職人のところでガラスを作る手伝いをしている。人数がけっこういるから、二～三人ずつに分かれて、絨毯職人のところ、扉を作る木工師のところ、外まわりを修繕するところ……と、あちこち駆けずり回らされることになるだろう。

盗賊団の被害にあったのはフィサリス公爵家だけではない。莫大な弁償金額だから、奴らはほぼ一生タダ働きになるだろう。でも寝床も食事もついてるんだから、それだけでもありがたいと思え。

今はサロンが使い物にならないので、失礼でございますが……と、ダイニングに通された。

「サロンはガラスはぐちゃぐちゃ、絨毯もドロドロになってしまったので、修繕が終わるまで奥様たちにはダイニングでおくつろぎいただいてるんですよ」

でもやっぱりソファの方がゆっくりできるのに、とステラリアがため息をつくと、

「板を張り付けちゃってるから、昼間でも真っ暗なんです！　寝室も使えないから、今は旦那様の私室に避難中だし」

副隊長の奥さんはプリプリ怒っていた。

「でも、人に被害がなかったことを喜びましょうよ」

「「そうですね」」

俺たちが話している横では、

「鉄格子はできたか？」

「すべて発注済みでございます。出来次第取り付け工事の予定になっています」

「そうか。できるだけ急げ」

「かしこまりました」

副隊長が執事氏と話し込んでいた。鉄格子？　なんだ？　それをどうするつもりだ？　と俺が首を傾げていたら、

「旦那様がすべての部屋に鉄格子をつけると申されまして。ああ、鉄格子といっても牢屋のようなものではなくて、細かく花が細工された飾り格子ですのよ。それを夜になったら閉めるのです」

「それなら見た目も悪くないし、防犯や嵐の日の備えにもなるでしょうって」

「なるほど、それをすべての部屋に？」

「そうですの」

「へぇ……」

それめっちゃ金かかるだろうに。さすがはフィサリス家というか。

てゆーか鉄格子まで完備したら、公爵家ってばもはや要塞(ようさい)じゃね？

俺が慄(おのの)いていると、

「やっぱり新居(しんきょ)を構えるんですもの、安全な方がいいですよね？」

なんて、ニコニコしながら奥様が俺に言う。

「え？　新居？」

「はいっ！　ユリダリス様とステラリアの新居です！　うちの敷地内に建てるんでしょう？」

無邪気な顔で首をコテンと傾げている奥さんだけど、ちょっと話早すぎでしょ。こないだ婚約したばっかりだし。

「え、ちょ、ちょっと待ってください。まだそこまでは……」

「だってステラリアは私付きの侍女さんですもの。遠くに行かれると困ります」

そんなシュンとした顔で言わないでください奥さん！

「大丈夫ですわ！　わたくし、ちゃんと奥様の近くにおりますから、ご安心ください」

萎（しお）れた奥さんを慰めるように、奥さんの背に優しく手を乗せるステラリア。

ステラリア、お前もか！　……でもわかるけど。

「ユリダリス様だって、サーシス様と一緒にお仕事に行けばいいことですし」

「……別々でいいです」

「まあそこは臨機応変に」

「はあ」


って、新居を公爵家の敷地内に建てることになっちゃってるし！

もういいか。ステラリアもその方がいいだろうし。

あ～やっぱり、ステラリアと一緒の道は、上司との腐れ縁の延長線上にあったか……！

まあ、ステラリアがいれば全部オッケーだけどね。

番外編1　同じ気持ち

一・サーシスの、ヴィオラと会えない日々

「忙しい。近衛のはずなのに忙しい」

「近衛は閑職じゃありませんからね、当然でしょ」

「話が違う」

「違いませんよ」


僕は今、ブツブツと文句を言いながら王宮の廊下を歩いている。これから御前会議があるので、王宮内の会議室に向かっているところだ。横にはいつものごとくユリダリス。

「来月の初めにある第一王女の婚約披露パーティーの招待客リストは上がってるんだろうな？」

「ええ、それはもう執政官のところから来てますよ。これからしばらくは、来賓の部屋割りと警備についての打ち合わせ、そのあとは各国の護衛騎士たちとの警備や宿舎の打ち合わせ、それから、国を挙げての婚約祝福ムードに乗じておかしなことを企んでいる輩がいないかを徹底的に洗い出

す作業……ってところですか。しばらく立て込みますね」

ユリダリスが書面を見ながら苦笑いしている。


まったく、婚約披露なんて国内だけに済ませろよ。


僕が不機嫌を絵に描いたような仏頂面になると、

「そんなわけにいかないでしょ」

僕の心の内を読んだユリダリスにつっこまれた。

「わかってるさ。フルール側だけなら簡単に済ませられるのに、対諸外国となると手順を踏んで正式にと、格段にめんどくさくなる。おまけに危険分子の洗い出しに時間を取られる」

やれやれとため息をつく僕。

「まあまあ。オーランティアがなくなったから、対外的な面倒くささはかなり軽減したじゃないですか。今回の招待国は、どこもちゃんと昔からの友好国ですし」

「アンバー王国しかり、ヒイヅル皇国しかり……。まあ、そうだな」

その他にもフルールと国境を隣する国がいくつか招かれている。

今回の主役・第一王女は、アンバー王国との国境にある辺境伯のところに降嫁が決まっている。

じゃあ、アンバー王国だけを招待すりゃいいじゃないかと思うけど、やっぱりそれでは外交的に問題があるからな（あっちは呼んだのにこっちは呼ばれてない——とか）。

まあ、オーランティアの一件もあったので、良好な友好国との絆はさらに確認しておきたいらしい。

というわけで、来月のお披露目パーティーは、『これからもよろしくね』という意味も込めて行われる。

そして他の二人の王女にとっては、『こういう娘もいるんでよろしく』的なお披露目パーティー。

まあ、第二王女と第三王女が外国に嫁ぐかどうかは決まっていないけど。第一王女のように、〝国境固め〟のためにそこの領主と結婚するということもありうるからな。

御前会議や騎士団の会議、細々とした打ち合わせやなんだかんだが積もりに積もって、帰宅するのが遅くなる日々が続いている。

「おかえりなさいませ」

「ただいま戻った」

静まり返ったエントランスで僕を出迎えてくれるのはロータスのみ。

というのも、帰りが深夜に近い時間だとわかっているから、使用人たちにも先に休むように言っているからだ。

あらかじめヴィオラにも、これからしばらく仕事が立て込んで帰りが遅くなることを告げていたが。

「ロータスは起きてるんでしょう？　じゃあ私も起きて待ってます！」

とヴィオラは言い張ったが、早寝早起きのヴィオラには起きているのも厳しい時間だから、

「じゃあ、我慢できる限界までなら」

とは言ったものの、やっぱり毎日撃沈しているようだ。

ここのところ寝ているヴィオラにしか会ってない！

今日もその姿が見当たらないところを見ると、もうすでに夢の中の住人なんだろう。それでも往生際悪くロータスに聞いてみるんだけど。

「今日もヴィオラは撃沈か？」

「さようでございます。まあ、日中体を動かしておられますからね」

ロータスの言葉に、ヴィオラが楽しそうに自分の花壇をいじったり、そこで摘んだ花を屋敷中に飾ってる姿が目に浮かんだ。

ヴィオラが機嫌よく楽しく過ごしているのはいいことなんだけど、反面、起きてるヴィオラに会いたい、会って話をしたいと思うのは僕だけなんだろうかと思うと、ちょっと切なくなる。

「湯は温めております。お食事はされますか？」

「食事はいい、屯所で軽く摘んできた。湯浴みして寝る。疲れた」

「かしこまりました」

薄暗いエントランスに響く、僕とロータスの声。さみしすぎる。

これがヴィオラとの会話なら……。

『食事にしますか？　湯浴みにしますか？　そ・れ・と・も？』

ニコッと微笑むヴィオラ。よ～し、脳内変換完了。やっぱりヴィオラは安定のかわいさだ。

僕がさみしさを紛らすために一人でヴィオラをチャージしているというのに、ロータスは。

「……お言葉ですが、奥様はそんなことをおっしゃいませんよ？」

「うるさい！　人の考えを読むな！」

そしてかわいそうな子を見る目でこっち見んなっ！

まあこれも、来月のパーティーが終わるまでだ。我慢我慢。


朝は、ヴィオラが起きる前に出かけていく。

御前会議が始まるまでにうちの部下たちと会議するためだ。

前日の会議での修正と、国内情勢の最新報告をもとに、警備についてのあれこれを検討する。必要とあらば危険分子を牢屋にぶち込まないといけない。先日うちの屋敷に押し入ってきた盗賊団や、オーランティア王太子一行事件みたいなことにならないように、慎重に、だ。

そこでまた計画案を作成して、御前会議にかける。

その繰り返し。

相変わらず王宮では会議三昧。屋敷には寝に帰ってるだけのようなものだ、安らぐ暇もない。てゆーか、さすがに最近寝不足だと思う。じゃあわざわざ屋敷に帰ってこなくても、屯所の執務室にある仮眠用のベッドで寝ればいいじゃないかと言われそうだが、屯所にずっといると気が滅入るから嫌だ。寝てる間も仕事をしているような感覚になるし、第一ヴィオラが見れない！　寝顔だけでもヴィオラを見たいんだっ！

ということで屋敷に帰ってきている。

後少し、後少しの我慢だ。

ヴィオラの寝顔を見ながら自分に言い聞かせていた。

あくる日、騎士団屯所の僕の執務室。

僕は、今日到着予定のヒイヅル皇国の先遣隊が到着次第すぐに打ち合わせに入れるように待機していた。

静かな執務室。何もないと疲れがどっと出てくる気がする。

椅子に深くもたれかけ軽く目を閉じていたら、いつの間にかうたた寝していたようで、

「副隊長。起きてください！」


いつの間にかそこにいたユリダリスが、執務机の前で渋い顔して腕組みしていた。

「そろそろヴィオラに優しく起こされたい」

「何寝ぼけたこと言ってんですか、目を覚ましてくださいよ。俺だって寝たいっつの」

「寝起きにユリダリスとか、しょっぱすぎる」

「いい加減にしてください。ま、かなりお疲れのようですね」

「疲れてるさ。……ってまあいい、で、先遣隊が到着したのか？」

僕は立ち上がり、大きく伸びをした。

先遣隊が来たなら、これから会談しないといけない。さっと手櫛で髪を整え、椅子の背にかけていた上着を取ろうと手を伸ばしていると、

「あ～それが、遅れてるそうなんですよ～」

眉間にしわを寄せ、ユリダリスも疲れた表情をしている。こいつもずっと王宮に詰めて情報待ちしてたしな。

「ヒイヅル皇国の先遣隊が遅れている？」

「はい。ここ数日海が荒れているらしく、予定よりも二、三日到着が遅れるそうです」

「そうか。ヒイヅルは船旅もあるからな」

「はい」

「じゃあ、今日の予定はなくなった……ということか?」

「そういうことになりますね」

今日の予定はヒイヅル皇国側との警備方法の打ち合わせだったから、肝心の相手がいないんじゃ仕事にならん。

「じゃあ今日は、久しぶりに定時上がりにするか」

「そうですね。俺もここんところずっと働きづめで疲れましたよ。他の連中もさすがに疲れてきてますね」

元特務師団の部下たちは、通常業務から外れて公安的な業務に奔走(ほんそう)している。

疲れがたまると判断能力や注意力が欠けてくる。これは僕たちの仕事においてはかなりダメージが大きい。

「部下たちにも、今日は早く帰って休めと伝えてくれ」

「わかりました」

ということで、今日は久しぶりに早く帰れることになった。

「サーシス様！　お帰りなさいませ！」

今日のエントランスは明るくて、使用人がたくさん出迎えていて、もちろんそこにはヴィオラもいて。

起きてるヴィオラ久しぶり！

そんな当たり前のことに感動してしまう。

「ああ、やっと早く帰ってこれたよ。今日はヴィーとごはんも食べられる」

僕はヴィオラをギュッとハグした。あ〜。これだけでも癒されるんだよなぁ。

「そうですね！　今日は早く帰ってこれるとお聞きしたので、サーシス様の好物ばかりを作ってもらいましたよ！」

「ヴィーがメニューを考えたの？」

「はいっ！　カルタムと一緒に！」

「……そっか」

満面の笑みで頷くヴィオラだけど、そっか、〝カルタムと一緒に〟か。うん、当たり前か、そうだよな。

何か心にささくれが引っかかったような気がした。

僕の好物ばかりを並べた食事はもちろん美味しく、ヴィオラとの会話も楽しみ、やっと疲れがほぐれていくような気がしてきた。

「僕が忙しくしている間、ヴィーは何をしていたの？」

「ん～、そうですねぇ。ほぼ毎日同じことしかしてませんねぇ。お庭いじって、綺麗なお花をお部屋に飾って……って、代わり映えない」

自分で自分の言葉にショックを受けるヴィオラもかわいい。

「楽しければいいんじゃない？」

ここで笑ったらヴィオラは口をとがらせるだろうから、僕は笑いをこらえながらフォローする。

「はいっ！」

それに元気よく答えるヴィオラ。


でもまた、何か僕の心にささくれが。


「さみしくはなかった？」

意地の悪い質問かなぁと思いながらも、僕は止められなかった。

「そりゃあ、サーシス様に会えなくてさみしかったですけど、使用人さんたちがいるから大丈夫でしたよ！」

いつも通りの笑顔で、いつも通りに答えるヴィオラ。

別に、本当、いつも通りなだけ。

なのに、僕の心がきしむ。

「そっか。ヴィーは使用人たちがいたらさみしくないんだね」

「？　そうですけど……サーシス様？」

僕の言葉が冷たく響いたのか、ヴィオラがきょとんと首を傾げた。

別にヴィオラは悪くない。

でも湧き出る言葉は止められなくて、僕は続けてしまった。

「僕がいなくても大丈夫なんだ」

「？？　どうしたんですか？　急に？」

心配そうに僕の顔を覗き込んでくるヴィオラの、サファイアの瞳を見てハッと我に返る。

あああ～～っ‼　僕はなんてこと言っちゃったんだ～～～っ‼

疲れてるからって、ヴィオラに八つ当たりはないよな？　ヴィオラは健気に僕の帰りを待ってくれてるというのに！

「ごめん！　なんでもない」

「サーシス様？」

「悪い。先に寝る」

まだ不安そうな顔で僕を見ているヴィオラをダイニングに残して、僕は一人、寝室に戻った。

二・ヴィオラはいつも通り

最近旦那様のお仕事が忙しくてすれ違いの日々が続いていました。

騎士団は、来月の初めに行われる第一王女様の婚約披露パーティーの準備が忙しいそうなんです。宴会をする方じゃないですよ？　警備とかそういう裏方のことですよ。

朝は私が目覚める前に出仕し、帰りは私が眠ってからという、とても遅い時間。

ちゃんと休めているのかしら？　無理などなさってないかしら？

睡眠時間が少ない日々が続いていると心配です。

旦那様から『しばらく仕事が立て込むから、ゆっくり話したりする時間が取れないかもしれない』と聞かされた時に、それでもやっぱり顔が見たいなぁと思って『頑張って起きてます‼』とは言ったものの、早寝早起きがモットーの私に夜更かしは難しく、結局旦那様が帰ってくる前に寝てしまうということになっちゃってます。

起きて旦那様のお出迎えをしているロータスに様子は聞いているものの、やっぱり御本人を見ないと安心できないっつーか。


そんなある日、突然仕事が早く終わったからと言って、旦那様がいつも通りの時間に帰ってきました。

いつもよりうれしそうなのは、やっぱり早く帰ってこれたからでしょうか。

上機嫌で微笑んでいらっしゃいますが、それでもいつも凛々しい目元にお疲れが見えます。それにちょっと痩せた？

まあ、通常業務に戻れば体調も戻るでしょう。


久しぶりに旦那様と一緒の晩餐。

今日は早く帰れると伝言が来ていましたので、カルタムと一緒に旦那様の好物づくしの献立を考えました。


「メインは旦那様のお好きな肉料理で――」

「サラダのドレッシングはさっぱりしてる方が疲れた体にはよくない？」

「デザートは、旦那様のお好きなちょっとビターなチョコレートケーキにしましょう」

「はいはい、マダ～ム。今日は二言目には『旦那様の好きな～』って言ってますよ～」

なんて、カルタムに冷やかされながら。

和やかにお話ししながら晩餐は済んだのですが、デザートの時間になる頃に旦那様の様子がおかしくなりました。


「……旦那様、どうしちゃったんでしょうね？」

「まあ……」

ステラリアが苦笑いをしました。周りもそんな感じです。あら、私だけがわかってない？


帰ってきた時はご機嫌でした。

ごはんを食べている時も特に変わりなかったはず。

なのに突然『僕がいなくても大丈夫なんだ』なんて言い出して……。

「私、何かまずいこと言っちゃったのかしら？」

「ええ……と、旦那様は不在の間、奥様にさみしがって欲しかったのでしょう」

旦那様が出て行ったばかりの扉を見つめながら呟くと、ロータスが笑いをこらえて言いました。

「ええ？　私ちゃんと『さみしい』って言いましたよ？」

「『さみしい』の後に『使用人がいるから大丈夫！』とおっしゃいましたでしょう？」

「ええ。――って、ええ!?　あれか～……」

あれが地雷だったのか。

てゆーか、使用人さんと一緒にいるのはいつも通りのことで、むしろ結婚したての頃――旦那様が本館に帰ってこなかった頃――から私がさみしくないように一緒にいてくれたのは使用人さんたちなんですよ！

まあ今は、旦那様が側にいてくださるからさみしくないですけど。

「……男心は複雑怪奇なり」

「いえ、そんなことはございませんよ。むしろ単純明快でございます」

「そうかなぁ」

「そうでございますよ」

恋愛経験値ゼロに等しい私に、旦那様の心を読めと言われてもそれは無理っちゅーもんなのです。


でもとにかく寝室に行ってしまったので、そっとしておく方がいいかな？

ここのところ忙しくてかなりお疲れはたまってるはず。

「そっとしておいた方がいい？」

「いえ。こちらをお持ちください。きっと今頃は部屋で死ぬほど反省しているでしょうから」

「えっ!?」

そう言ってロータスが示したのは、侍女さんが用意してくれている〝寝酒〟セット～。

旦那様、反省って……。


寝室に行くと、旦那様はベッドに突っ伏していました。

あらあら、お着替えもせずに。湯浴みもせずに拗ねてたんですか？

「サーシス様～」

「…………」

寝てる？　返事がないですねぇ。

私はベッドに近付くと、サイドテーブルに寝酒セットを置きました。

ひょっとして本当に疲れて寝ちゃってるのかなぁなんて思ったりしたのですが、私が横に来た時にビクッと身じろぎしたので、これは起きていますね。

「サーシス様～。お酒持ってきましたよ～。湯浴みして、これをくいっと飲んで、早く寝ましょう」

そう言ってユッサユッサと体を揺さぶれば、

「……いらない」

だそうです。

相変わらずベッドに突っ伏したまま答える旦那様。お子ちゃまか。

「じゃあ湯浴みして、さっさと寝ましょう！　お疲れでしょう？」

「……わかった」

湯浴みはするそうです。

旦那様の返事を聞いた侍女さんたちが、さっと湯殿の準備に消えて行きました。

私は旦那様の横にそっと座って、その綺麗な濃茶の髪をさらさらと撫でました。

「毎日お忙しそうですねぇ。お体には十分気をつけてくださいませね」

「………………」

「あまりにお疲れがひどい時は、ちゃんと仮眠とかとってくださいよ」

「…………執務室のベッドは、仕事の続きのような気がして休めない」

そうですか。まあ、このベッドとは比べ物にならないでしょうからね。でも前線ではどうしてたんですか？　なんとかしてたんでしょう？

王都だとわがままになっちゃうんですかね？　ふふふ、困った人です。

「あと半月？　ですかね？　パーティーまで」

「……ああ」

「とても盛大なパーティーなんでしょう？　一の姫様はさぞかしお美しく着飾られるんでしょうねぇ」

でかいパーティーなんて、私は今から憂鬱ですけど。

おっと、ここは私が憂鬱になってる場合じゃないぞ。旦那様を慰めに来たんだった。

「…………………それまでまた忙しいけど、ごめん」

「はい、大丈夫ですよ～。我慢します」

もそもそ動いた旦那様が、私の腰に巻きついてきました。なんか動物みたいでかわいい。

「……僕がいないとさみしい？」

「もちろんですよ～。今日はおかしなことばかり言うサーシス様ですねぇ」

またさっきと同じようなことを聞いてくる旦那様。

ここ。ここ地雷！　しっかり『旦那様がいないとさみしいよ』アピです！


「ほんとに？」

「はい！」

「……さっきはごめん。やっぱり疲れてるんだろうなぁ」

照れ隠し？

旦那様は私の腰に抱きついたまま、さっきのことを謝ってきました。

さすがロータス。おっしゃる通りです！　やっぱり単純めい……げふげふ。

そうそう、仕事で疲れてるんです。余裕も何もないんですよ、今は。

だから。

「そうですよ～。今日はゆっくり休んでくださいね。休める時に休んで、しっかり疲れを取ってください」

「うん」

旦那様、少し機嫌が直ったようです。


その日はいつも以上に早く寝て次の朝。

「あら、もういない」

「はい。今朝もいつもと同じように早く行かれました」

「あらら」


私が起き出した時にはすでに旦那様はお仕事に行かれた後でした。

またしばらく会えない日が続くんでしょうか？

出張に出てるとかなら諦めもつくけど、こんなに近くにいるのにすれ違っていて会えないとか、さすがに私もさびしいって思うんですよ？

昨日のアレでちゃんと伝わったのかしら？　って、あんまり伝わってない気もするけど……。

三・サーシスのイライラ

久しぶりに起きてるヴィオラに会えてうれしかったものの、あまりの通常営業ぶりになんかイライラしてしまった僕。

ヴィオラは僕がいなくても楽しそう。


……って、めちゃくちゃネガティブになった挙句（あげく）、ついヴィオラに当たってしまった。

ああああああ！　僕のバカ。ヴィオラは何も悪くないし、使用人たちだって、ヴィオラがさみしくないように気を遣ってくれているというのに。

やっぱり疲れてるんだなぁ。心に余裕がない。


先に一人で寝室に戻り、そのままベッドにダイブする。

あ～。ヴィオラに合わせる顔がない。って、どうやって謝るべきか？

タイミングが難しいよなぁ、こういうの。

また明日からも仕事が忙しくなるのが目に見えてるから、こじらせる前になんとかしないといけないけど。

「う～～～」

ここは今すぐに謝るべきだな。

よし、そうしよう…………。…………もうちょっと、心の準備が。

なんて一人ベッドに沈み込んだままへたれていると、ヴィオラが寝酒を持ってやってきた。

あ、なんか、起きるタイミング逃した。

僕はとっさに寝たふりをしたけど、ヴィオラの気配に身じろぎしてしまった。もちろんバレたよな。

それでも狸寝入りをしていると、

「サーシス様～。お酒持ってきましたよ～。湯浴みして、これをくいっと飲んで、早く寝ましょう」

ヴィオラがさらに話しかけてきた。

きっとこれは謝るチャンスなんだけど、あんな子供っぽいことをしてしまったことに対する照れが邪魔して、素直になれない自分がいる。

「……いらない」

「じゃあ湯浴みして、さっさと寝ましょう！　お疲れでしょう？」

「……わかった」

ぼそっと、あまり愛想よくはない僕の返事にもヴィオラは朗らかに話しかけてくる。

柔らかく髪を撫でられると、自分のしょーもない照れとかモヤモヤが溶け出していくようだ。

顔を見られるのが嫌で隠しながらヴィオラの細腰に抱きついた。

そのままの体勢でゆっくり話をする。

そしてまた僕は性懲りもなく『僕がいないとさみしい？』なんて聞いてしまったけど、ヴィオラは笑って『もちろんですよ～』って返してくれた。

さみしく思ってくれてる、よな？

そのまま晩餐の時のことを謝り、ちょっと心が軽くなった。


いかんな、疲れがたまると思考がネガティブになる。

明日からまた怒涛の仕事三昧が始まる。

せっかくヴィオラをチャージできたんだから、あと半月頑張って乗り切るぞ。


またヴィオラの寝ているうちから起き出して仕事に向かう。


「昨日はよく眠れましたか～？」

こいつも昨日はよく休めたんだろう、顔色が回復したユリダリスが朝一番に執務室に現れた。

「ああ、よく寝た。やっぱり疲れがたまってたんだなって実感した」

「わかります。じゃ、これ。今日の資料から」

「わかった」

手渡された資料をパラパラとめくり、会議の内容をざっと把握する。

「あ、それから、遅れていたヒイヅルの先遣隊、明日の夕方には着けるそうですから、到着次第会談です」

ユリダリスが別に持っていたメモを見ながら報告してきた。

ヒイヅルねぇ。思ったよりは早いリカバリーだな。明日の夕方とか言ってるけど、けっこうずれるパターンが多いんだよな、それ。

「……それ帰りがめちゃくちゃ遅くなるやつだろ」

「お、鋭い」

「僕は明日、無事に家に帰れるのだろうか？」

「諦めて執務室で寝てください」

「それは勘弁願いたい！」

夜中でもなんでも、家で、ヴィオラの横で寝たいんだ！


それからは招待した外国の先遣隊が続々と到着し、打ち合わせが続く日々。

相手ありきの会談。相手の到着時刻が遅れることが多く、その時間に合わせなくてはならないからスケジュールが狂いまくる。

これまで頑張って回避していた執務室泊を余儀なくされる日もしばしば。これならまだ夜遅くても家に帰れていた頃がマシだった。

「執務室のベッドは癒されんからな」

「そうですねぇ、そんな機能は付いてないですからねぇ」

ユリダリスたち騎士団の宿舎住まいの人間は、自分の部屋に帰れるからいいよな。なんてったって屯所のすぐ横にあるんだから。

「ユリダリスの部屋で寝ようかな」

「それは勘弁しろ。リアならいいけど、なんで副隊長を泊めないといけないんだよ嫌がらせか？

あ～もう、こっちだってリアに全然会ってねえっつーの！」

執務室よりマシかと思って言ったらユリダリスにものすごくキレられた。


婚約披露パーティーまであと数日。

国内の治安の維持、招待客到着から帰国までの警備の計画などは、ほぼすべて準備ができていた。

この頃は諸外国からの招待客の受け入れに奔走している。主に護衛という仕事で。お客だけではなく、その付き人や護衛などを合わせるとかなりの数になるからな。それが幾つも来るんだ、王宮はいつも以上に賑やかだ。

「あ～ヤバイ。寝不足マックスだ」

「俺もですよ」

「これ、パーティー前日には家に帰れるんだろうな？　こんなズタボロでヴィーのエスコートはしたくないぞ」

「そこは気力でカバーっしょ」

ユリダリスも疲労がにじむ顔で苦笑している。

こんなクソ忙しいのは客が落ち着くまで。そしたら後は計画通りにすればいいだけだからかなり落ち着く。

今日の夕方に最後の招待客が到着予定だから、それが済めば家に帰れる。

綺麗でかわいいヴィオラの横に、疲労困憊（こんぱい）ヨレヨレの僕なんて立てるわけがない！

「これから御前会議か……。寝てしまう自信があるな。寝ていいか？　夢でヴィオラと会ってくる」

「何言ってんですか寝言は寝てから言ってください。ま、退屈ですからね。お茶淹れてきてあげますから、それ飲んでシャキッとしてから行ってください」

「あ〜。行かないとダメなのか……」

「つべこべ言わずに飲んで行く！」

それからユリダリスが淹れてきてくれたお茶を一気に飲み干すと、僕は御前会議のために王宮へ向かった。

緊急性というか、重要な内容はすべて決定済みなので、今日の会議の内容は『第二王女・第三王女のエスコート役を誰にするか？』だった。

もうなにそれ、陛下と宰相たちでやってくれよ。


わざわざ高位高官や僕たち騎士団呼んでやる内容か⁉

最近の疲労と寝不足のイライラとで、僕はブチ切れそうになった。

こんな会議するくらいなら執務室で仮眠とってた方がマシだ。もしくは出仕時間を遅くするとか。

そしたら屋敷に帰ってゆっくり眠れるものを。


そういや、あの日以来ヴィオラと会えてないしなぁ。

別に大事な会議ではないのがわかって集中力が途切れた途端に、私的なことが頭を占領する。

あの日以来屋敷に帰ることもまばらになったから、起きてるどころか寝てるヴィオラすら見てない日が続いてる。ヴィオラ切れがヤバイ。

ヴィオラは、僕と会えなくてさみしがってくれてるだろうか？


……使用人いるしな。別にさみしくないか。

あの日反省したはずなのに、また性懲りもなく僕は自分で自分を追い詰める。

さびしかったらさ、ちょっと手紙を言付けるとか、してもよくないか？（しねーよ。Byユリダリス）

やっぱりヴィオラはあの時僕を慰めるために『私もさみしい』って言ったんだ。きっとそうだ。今頃は楽しそうに使用人たちと庭いじりしたり、カルタムと晩餐の献立を考えたりと、自由にやってるんだろう。

食事は使用人たちがいるから、ひとりぼっちは回避できるし。

じゃないと伝言の一つも寄越さないわけないだろう。（だから寄越しませんて。Byユリダリス）

……あれ。僕いらなくないか？

使用人さえいれば、ヴィオラは幸せなんじゃないか？

退屈な会議、蓄積された疲労、寝不足。そんなのが一気に重なって、僕の思考はどんどんネガティブに落ちていく。

自分の考えにどんどんイライラが募る。

冷静な自分が頭の片隅にいて『そんなわけないだろう。疲れすぎだ』と言うけど、マイナスな思考が正しいように思えてあえて聞こうとしない自分がいる。

う～。早く帰りたい。

早くヴィオラに会って、『そうじゃない』ということを確かめたいっ！

半分寝ぼけたようになっていた僕に、

「……公爵？　フィサリス公爵？　おい？　大丈夫か？」

突然国王陛下の声が聞こえてきた。

ハッと目が覚めたような感覚になる。ああ、そうだ、今は御前会議の真っ最中だった。

「あ、はい。大丈夫です」

眠そうだけど大丈夫か？　と聞かれたから大丈夫だと答えたつもりだった。

なのに陛下は、

「そうか。では、第二王女のエスコート役はフィサリス公爵ということで決まりだな」

なんてぬかしやがった‼

「え？　ええっ？　ちょっと待ってください！」

僕は声をあげた。

何がどうなって僕が第二王女のエスコート役になってんだよ⁉

僕には『ヴィオラをエスコート』という大役があるんだから！

なのにみんなもう次の話題『第三王女のエスコート役は誰にする？』に移っていて、僕の声は完全にスルーされてしまった。

ええ……。どうなってんだよ誰かこの状況を説明してくれよ……。

会議の後、執政官のセロシアを捕まえて執務室に連れ込んだ。

「いったい何がどうなって僕が第二王女のエスコート役になったんだ？」

僕は机の上に足を投げ出し、不機嫌極まりないのを隠さずセロシアに聞いた。

「聞いてなかったお前が悪いだろ」

「ちょっと頭の中で夕方のシミュレーションをしてたんだよ。賓客到着のな」

「嘘だろ」

ヴィオラのことを考えてたなんて言えないからな。セロシアはすぐにつっこんできたけど。もちろん真っ赤な嘘だよ！

「それはいいとしてだ。なんで、僕が、エスコート役になったんだ？　僕にはヴィオラのエスコートという、この上ない重要で崇高な役目があるんだが？」

「はいはい、言っとけ〜。まあ、要するに第二王女も第三王女も婚約者選びの真っ最中だから、迂闊な独身貴族をエスコート役に立てられないね、ってことでお前だ」

「既婚者なんて他にもいるだろう！」

「年齢とか見た目とか、身分とかいろいろあるだろ。それにお前が姫様のエスコート役になっても『公爵にはヴィオラ様がいるからね』って、絶対に誤解が生まれないだろう？」

「それはそうだけど！　じゃあ、ヴィーはどうするんだ？　ヴィーのエスコートを他の誰かになど任せられねぇ！」

「はいはい、お前んとこの両親も来るんだろ？　両親に任せときなよ」

「……………くそっ！」

会議で決定してしまっていることをセロシアに当たっても仕方ないが、僕は往生際悪くあがいた。

あの時ちゃんと起きていれば……っ。悔やまれる。

「あの時『大丈夫か？』って聞かれて『大丈夫だ』って答えた自分を恨むんだな～」

それと、白昼夢見てた自分をな！　と、セロシアは付け加えた。

ほっとけ、まさにそれを自分でも考えてたところだよ！

自分を恨むしかないとか、このやるせなさをどこにぶつければいいのか。

「………………剣の稽古をしてこよう」

体を動かして発散しよう。

僕は鍛錬場に向かって、執務室を出た。

「お義父様たちですか？　明日の午前中にはこちらに到着されるそうですよ？」

ようやく最後の来賓が到着し、一段落したのはパーティーの三日前。

やっと警備などが当初の計画に乗ったので、僕は屋敷に帰ってくることができた。

いつも通り元気なヴィオラの笑顔にホッとする。……けど、同時に『ああ、やっぱりか』と思う黒い自分もいる。


いかんな、後ろ向きすぎる。


エスコート役のことが言いにくくて、両親の到着はいつなのかとか、核心とは全然違う話ばかりしてしまう。

「そうですか、明日の午前中ね。僕はいないから、ヴィーがお出迎えして」

「了解です！」

「パーティーは……」

「はい？」

「ドレスは決まった？」

「はい。今回も、サーシス様の制服に合わせた臙脂色ベースのドレスですよ。ミモザが張り切っちやって大変でした」

「そっか」

僕とお揃いのドレス。なのにエスコートできなくて残念すぎる……っ！

どんなドレスか、当日もヴィオラが王宮に来るまで見れないんだろうな。

はあ、憂鬱だ。

思わずため息をつくと、

「サーシス様？　またお疲れがたまってるんじゃありませんか？　最近は王宮にお泊まりも多かったですし」

ヴィオラが心配そうに僕の顔を覗き込んできた。

「そうだね。疲れてるよ。……まだもうひと仕事残ってるからさぁ」

僕はまたため息をついた。

「もうひと仕事、ですか？」

「ええ。パーティー当日、二の姫のエスコート役に任命されてしまって……」

黙っているのもよくない。よくないことは早いうちに告げてしまおう。

僕は意を決してヴィオラに告げた。

どんな顔をするんだろう？

僕はヴィオラの顔をじっと観察する。

ヴィオラはちょっと目を見張ってから、すぐにかわいく微笑むと、

「まあ！　それは大役ですのね！　二の姫様ですか？　どうしましょう、サーシス様と二の姫様ってばどちらも美形だから、会場の視線を一身に集めちゃいそうですね！」


なんて。さらっと返ってきた。

だよね。そうだよね。ここで嫉妬とかしちゃうようなヴィーじゃないよね。

うん、わかってる。

「ごめんね。だからヴィーは両親と一緒にいてくれるかな？」

「わかりました」

「明日、僕から両親には話しておくから」

「了解です！」

あっさり承諾されちゃったなぁ。


ヴィオラが席を外したタイミングで、背後から盛大なため息が聞こえてきた。

「ですから、奥様はそういうキャラじゃないと言ってるでしょう？」

「知ってるわ！　はっきり言うなロータス！」

四・ヴィオラだって、たまにはやきもちも焼く

また旦那様とすれ違う日々が戻ってきました。

今度は帰ってこれない日まであるようで、騎士団屯所の執務室のベッドで休んでいるそうです。

「よっぽどお忙しいんですねぇ」

屯所のベッドは気が休まらないって言ってたのに、さすがに背に腹は代えられなくなったみたいですね。まあ、それだけお忙しいということなんでしょうけど。

「最後の賓客が到着すれば落ち着くそうでございますので、あと数日のことでございますよ」

と、ロータスが教えてくれました。最近はロータスくらいしか旦那様の姿を見てないんじゃないかしら。

「わかったわ。それから、お義父様たちはいついらっしゃるの？」

お義父様たちも今度のパーティーに参加するため、領地の屋敷からこちらに来るのです。

ギリギリだと準備とかが大変なので、余裕を持って上京するそうです。

「パーティーの二日前には到着するとおっしゃっていました。時間はまだわかりません」

「そうなのね。じゃあ、お部屋の支度をそろそろしなくちゃ。今回も別棟かしら？」

「はい、そのようでございます」

「新装開店した別棟がお気に召したのね」

「ええ、特に大奥様が」

とっても素敵に改装されてますからね。お義母様が気に入るのもわかります。


パーティーの三日前になってようやく旦那様のお仕事は一段落したようで、お屋敷に帰ってきました。

また起きている旦那様、久しぶりです。

せっかくこの間ゆっくりしていただいたけど、あんなの焼け石に水でしたね。

また疲労が、麗しいお顔ににじんでいます。まあそれすらもアンニュイな色気に変えてしまう美形補正スゲェ。


ゆっくりと晩餐をいただきながら、あれこれとおしゃべりします。やっぱりお疲れなのか、時々旦那様が気もそぞろに、目が泳いだりするんですけど気のせいですかね？

ため息なんてついてるし。

あら、これはかなりお疲れと見ました！

「サーシス様？　またお疲れがたまってるんじゃありませんか？　最近は王宮にお泊まりも多かったですし」

顔色がさえないので心配です。ここは早く食事を切り上げ、お休みさせてあげるべきでしょうか？　どうしようかなぁと考えていると、

「そうだね。疲れてるよ。……まだもうひと仕事残ってるからさぁ」

さらにアンニュイ全開で旦那様がため息とともに言いました。

もうひと仕事？　ああ、きっと近衛のお仕事ですね。当日の警備とか、大変でしょうから。

「もうひと仕事、ですか？」

警備とか、そういうことだっと思っていたのに、旦那様から聞こえてきたのは意外なお仕事で。

「ええ。パーティー当日、二の姫のエスコート役に任命されてしまって……」

エスコート役ですか！

さすがは超名門貴族・超エリート・おまけに超美形の旦那様、すごい大役を言いつけられたものです。

交流のある諸外国の前に堂々と出しても大丈夫☆　……じゃないか。

そっかぁ。旦那様、二の姫様のエスコート役やっちゃうんだ。

じゃあ私、ぼっち決定ですね。

……でも、やっぱりさみしいなぁ。って思う自分もいるんですけど。

これはお仕事！

ただでさえお疲れの旦那様なんです。さらに私がここで追い討ちかけるみたいに『さみしい』なんてわがまま言えません！

「まあ！　それは大役ですのね！　二の姫様ですか？　どうしましょう、サーシス様と二の姫様ってばどちらも美形だから、会場の視線を一身に集めちゃいそうですね！」

きっと旦那様だって、進んで引き受けたわけじゃないと思うんです。だって旦那様ですよ。

だからここは空（から）元気でもいいから、しっかり後押ししてあげなくちゃ。


……ちゃんと笑えてたかな。

二の姫様もとてもお美しい方だから、旦那様と並んでも美男美女ですごくお似合いなんだろうなぁ……私なんかよりずっと。


チクって、なんか心が痛いぞ？


「ごめんね。だからヴィーは両親と一緒にいてくれるかな？」

「わかりました」

「明日、僕から両親には話しておくから」

「了解です！」

すまなさそうに眉を下げる旦那様。

大丈夫ですよ、お仕事ですもの！　……当日はあまりお二人の姿を見ないようにしておきますね。


翌日には予定通り義父母（ぎふぼ）も到着し、着々とパーティーの準備に取りかかります。

私の着るドレスも出来上がってきました。


『今回こそはバッチリお揃いにしてみましょう！　たまにはいいじゃないですか～』

ミモザがキラキラした目で見てくるから、嫌とは言えませんでした。

『たまには、ね』

『じゃあ、奥様の気が変わらないうちに！』

私が頷いたのを確認したミモザがあっという間にマダム・フルールを呼び、アレヨアレヨという間に採寸され、その後はお決まりの意匠決めタイムが始まりました。こうなったら私はほったらかし。まあいいけど。

『色は臙脂ベースで……』

『刺繍（ししゅう）は制服と同じように金糸でしょう！』

『お飾りのサファイアが映えるように……』

マダムとミモザ、ステラリアが楽しそうにあれこれと議論しています。私は出来上がりを楽しみにしてますよ！

……というドレスは、パーティーギリギリに出来上がってきました。マダムのところも、このパーティー特需で注文がどっさりきたようなのです。てんやわんや、お弟子さん総動員で働き続けたそうです。人気のブティックは違いますね！

だから今回は、旦那様の事前チェックがありませんでした。

パーティー当日。

旦那様はいつも通りに出仕して行きます。

「僕は先に行ってるから、会場で会おう」

「お仕事頑張ってくださいね」

「……憂鬱になるからそれ言わないで。仕事が終わったらヴィーのところに行くから、待ってて」

「わかりました」

「絶対だよ！」

「わかってますって」

「ダンスも、極力独身の若いのは避けること！」

「独身かどうか、わかりませんてば」

旦那様はやたら念押ししてきました。

若い独身貴族と踊るの、最近嫌がるんですよね、旦那様。

「それから、ちゃ～んと指輪はつけていくこと！」

今度はお飾りの確認です。自分はお揃いの指輪をすでに装着してました。

普段は鍛錬の邪魔にならないようにと、チェーンを通して首にかけているのに。

「つけますって」

「僕はもうつけてますよ！」

「ですね。後でつけますって」

「いや、後でって言ってバタバタして忘れかねないからね。今すぐつけて。ステラリア、取ってこい」

「かしこまりました」

この後、ステラリアが持ってきた指輪を私の指にはめて、ようやく納得した旦那様です。

この指輪の意味――結婚しているという証に、夫婦でお揃いの指輪を左手の薬指にはめるという、外国の風習――は、私たちがこの指輪をして以来じわじわとフルール社交界に浸透していってるので、これを見ると『既婚』だとわかる人が増えてきているのです。って、そんなことしなくても、フルール社交界の人はみんな私たちが『夫婦』だってこと知ってるけどね！

「くぅ……あの日意識を飛ばしてたことが悔やまれる……っ！」

「えっ？　会議中に寝てたんですか⁉」

旦那様、そんなことしてるからこんな羽目になったんでしょうが。自業自得です。

私だって、残念だなぁって思うんですよ。旦那様と一緒にいられないのは。

せっかく私たちの気持ちが通じたかなって思えるようになってから初めてのパーティーなのに。

でもこれはお仕事。何度も自分に言い聞かせますが、お仕事。

わがまま言っていいところじゃないんです！


笑顔で旦那様を送り出しました。


パーティーは夕方から。

それまで、パーティー前恒例の愉快なエステ隊にもみくちゃにされ、ステラリアに髪を結われお化粧され、ミモザにドレスを着付けられて、『ヴィーちゃん社交モード』の完成です。

「今日もとってもお似合いです～！」

「臙脂なのに、奥様が着られるとシックよりも華やかな感じになりますね」

「「「「奥様の美しさを、他のお貴族様に存分に見せつけちゃいましょう！」」」」

ミモザたちが口々に褒めてくれるけど、

『あ〜、他の奴らに見せたくない。今日のパーティーはやめにしましょう』

っていう、旦那様の声が聞こえないのがちょっとさみしい。

……かなり毒されてるな、私。

義父母と一緒に馬車に揺られて王宮に向かいます。

いつも隣にいる旦那様のスペースが空っぽなのが今日はさみしい。しかも目の前にはラブラブな義父母がいるので、さらにさみしさ倍増。

「第二王女も第三王女もまだ婚約者が決まってないから、適当な独身貴族をエスコート役にするわけにはいかなかったんだって」

お義父様が教えてくれました。

まあそうですよね。今日みたいな特別なパーティーで、独身の姫様のエスコートなんてしたら『あれが婚約者か⁉』ってなりますもんね。

「だからサーシス様だったんですか？」

「そうそう。あいつなら既婚者だということがわかっているし、しかもその奥さんを溺愛してるのも周知の事実だからね、フルールの者は誰も誤解することはない」

ニコニコするお義父様ですが、それはそれで恥ずかしいな。

「でも、外国からいらっしゃったお客様には、旦那様が既婚だとわからないんじゃないですか？」

ほら、某オーランティアの王女様みたいに……って、言っちゃった☆

「だからその〝指輪〟なんでしょう」

お義母様が私の手を取り見せてきました。

そうだった……。これ、元はと言えば外国の風習だった……！

だから旦那様ってばしつこく指輪（これ）しろって言ったのか。なんか納得です。

王宮の大広間はたくさんのお客様でざわざわと賑わっていました。

来賓が多いためにいつも以上に部屋を開放しているので、さすがに知り合いを探すのにも苦労しました。夜会四人組とバーベナ様は安定の出席でしたけどね！　遠すぎて声かけすらできないって、どんだけお客様多いの！

でもこれ、義父母とはぐれたら迷子決定だわ。

お二人がどんなに目立つ席に行こうが、何が何でもついていかなくちゃ。いっそ今日はお義母様と手をつないでおこうかしら。ラブラブカポーの邪魔をするのは忍びないけど、今日だけは鈍感力全開ですよ！

義父母に雛鳥（ひなどり）のごとくつきまとい、一緒に挨拶しまくっていると国王様たちが入ってきました。

いよいよ『一の姫様婚約披露パーティー』の幕開けです。

今日は一段とお美しい一の姫様とその御婚約者様が、仲むつまじそうに寄り添っていました。政略結婚だという噂を聞いていたのですが、大丈夫そうですね。そういや以前に、『どうしたら政略結婚でもラブラブになれるか？』みたいなことを話しましたね。ええ、お茶会で。

あの時のことが生かされてるかどうかは知りませんが、とにかく幸せそうで何よりです。

主役のお二人より目立たない感じで、二の姫様も入ってこられました。旦那様のエスコートで。

あ～、まさに美男美女。お似合いですね！

半ばやけっぱちに賞賛を贈ります。いや、美男美女は確かなんですよ。私の心がやさぐれてるだけ☆

本当はあの場所、私の場所なのになぁ……なんちて。

でも旦那様！　顔がめっちゃまじめですよ、笑って笑って！　にこやかにしていないと楽しそうじゃないですよ！

ん？　お仕事だから笑わなくていいのか？

楽しそうにされてても、私、凹んじゃうか。


姫様の婚約を正式に発表したり、賓客が紹介されたりと、和やかな感じでパーティーは進んでいきました。

何が何でも義父母と一緒に……と最初は思っていましたが、やっぱり目立つ場所は疲れる！　一瞬も笑顔の仮面を外せないし、所作に気を抜けないし。

それに、嫌でも旦那様と二の姫様のお姿が目に入っちゃうし。

「ちょっと外の空気を吸ってきますね」

「あ、外はダメよ！　会場内にいてちょうだい」

席を外して新鮮な空気を吸って気を取り直そうと思ったのですが、お義母様にすかさず止められました。あ、そうですよね！　前回これで失敗してちょー大変な目にあったんだった。わ、忘れてたわけじゃありませんよ！

「では壁際で……」

「私たちの見えるところならオッケーよ」

「は～い」

壁の花はオッケーだそうです。ただし視界の中に入っておくことが条件ですが。どれだけ過保護にされてるんだ、私……。

ということで、こっそり壁際に移動です。

やっぱり私には壁際が似合う！　すっごい安心感です。

目立つ場所がアウェイなら、壁際こそ私のホーム、サンクチュアリです！

「すんごい落ち着くわぁ」

人間観察も自由にできるし、社交仮面をつけっぱなしにしなくていいし。

こっちにいる方が自然な笑顔でいれる気がするって、どうなの。

飲み物片手に壁に背を預け、軽やかなワルツが流れる会場を見渡します。

ああ、アイリス様は見たことのない方と踊ってらっしゃいますね。賓客のどなたかでしょうか。

バーベナ様も、そんな感じ、かな？　お父上様やお兄様方のためにも、いい方が見つかるといいのですが。

会場をあちこち観察していると、やっぱり私にも声をかけてくる奇特（きとく）な人はいるわけで。

「公爵夫人！　こんなところにいらっしゃるなんて！　僕と一曲踊っていただけませんか？」

若いお貴族様が声をかけてきてくださいました。私のことを知ってるから、どこかの息子さんでしょう。

でも今朝旦那様が『お誘いは極力避けること！』って、念押ししていきましたからねぇ。

「ちょっと疲れてしまって休憩しているところでしたの。すみません、また後で」

適当に疲れた感を装ってお断ります。

「そうですか、それは失礼いたしました。ではまた、後ほど」

後ほど誘いに来るんか～い！　……というツッコミはおいといて。

若いお貴族様は爽やかな微笑みを残して去って行きました。

しつこく絡まれなくてよかったぜ、って一安心です。

そしてまた会場に視線をやったのですが。

ちょうど旦那様と二の姫様が、ダンスをしにやってきたところを見てしまいました。

てゆーか、美男美女すぎてどこにいても目立つんですよあの二人！

旦那様が超美形なのは言わずもがな。二の姫様も王妃様譲りの華やかな美貌の持ち主だから、もう、ね……。地味子、完敗です。

ああいう美人さんが旦那様の横にはよく似合うんです。

やさぐれるというより、やっぱり妬けるなぁ……なんて。

そう、何度も言うけどこれは仕事なんです！　旦那様だって好きでエスコートするわけじゃないって言ってたし顔にも出てたし、態度にも出てたし。

でもな～でもな～でもな～。

……前はこんなの思ったことなかったのになぁ。私ってばいつの間に、旦那様のことがこんなに好きになっちゃってたんだろ……。

なんて、こんな時に旦那様への気持ちを再確認させられるって……。

でもでもっ！　旦那様だけずるくないですか？　自分はとびきりのべっぴんさんとダンスなんかしてるくせに、私には『若い男と踊るな』って。あ、いや、別に踊りたいわけじゃないけど。

ちょっぴり拗ねモードで旦那様と姫様のダンスを見ていると、

「今日は踊られないのですか？　よろしければ僕と一曲お願いします」

また若いお貴族様に声をかけられました。

旦那様にはかないませんが、ふつーにイケメンさんです。やっぱり顔がわからないから、貴族年鑑に載ってないどこかのご子息でしょうか。もしくは賓客の方？

どうしようかなぁ。さっきまでなら即お断りしてたんですけど、今はちょっと複雑な気分なんです。

……旦那様だって踊ってるんです、私だってちょっとくらいいいですよね？

それに、もしかして賓客の方でしたらお断りするのは失礼ですものね。

「よろこんで」

私はその手を取りました。

五・サーシス、我慢の限界がくる

憂鬱なパーティーの当日になった。いつも通りに仕事はあるので、僕は朝から王宮に向かう。

結局ヴィオラのドレスがどんなのかもチェックもしないままだ。着飾って普段以上に綺麗になったヴィオラを、この僕が一番最初に見れないなんて……っ！（侍女が最初だろって？　そんなのノーカンだろ）

「僕は先に行ってるから、会場で会おう」

そんな無念さを押し殺して、僕はヴィオラのサファイアの瞳を覗き込む。

めっちゃ行きたくねぇ……。

「お仕事頑張ってくださいね」

でもヴィオラは朗らかに微笑んで送り出してくれる。うう、そう言われると行かないといけなくなるよね。

「……憂鬱になるからそれ言わないで。仕事が終わったらヴィーのところに行くから、待ってて」

「わかりました」

「絶対だよ！」

「わかってますって」

終わったら速攻行くから。ヴィオラに強く言い含める。

それからとても大事なことを。

「ダンスも、極力独身の若いのは避けること！」

「独身かどうか、わかりませんてば」

ヴィオラを間近で見せたくないんだよ！　わかってほしいなぁ、この男心を……って、無理な話か。

ヴィオラは社交界でもモテモテだもんなぁ。どいつもこいつもヴィオラと踊りたがってるというのに、ヴィオラはヴィオラで天然だから、そんな下心に気付きもしない。

綺麗でかわいくて優しいヴィオラと一緒に踊れるってだけで舞い上がってしまう奴も多いというのに。『フィサリス公爵夫人と踊った』ということを仲間内で自慢してるという話も聞いたぞ。

はあ。

じゃあせめての僕の牽制を。

「それから、ちゃ～んと指輪はつけていくこと！」

以前に作らせた、僕とヴィオラお揃いの指輪。あれを今日はぜひともつけていってもらいたいんだよ。

「つけますって」

「僕はもうつけてますよ！」

「ですね。後でつけますって」

「いや、後でって言ってバタバタして忘れかねないからね。今すぐつけて。ステラリア、取ってこい」

「かしこまりました」

僕の目の前でつけているのを確認したいから、ステラリアに取りに行かせた。

聡(さと)いステラリアは指輪の意味と僕の気持ちを理解しているのだろう、意味深な微笑みで一礼してから、急いで指輪を取りに行ってくれた。


この指輪の意味は、おしゃべりなお嬢様方によってあっという間に広まっていった。ヴィオラがつけてるんだしね、広まるのは時間の問題だと思ってたよ。実際、これと同じように夫婦でペアリングをつけているカップルも出てきたようだし。

しかもこの風習はヒイヅル皇国から伝え聞いたものだけど、実はヒイヅル以外の今回の招待国でも広まっている風習だ。だからヴィオラの手を見れば『既婚者』だとわかるんだよ！

はっはっは～……はぁ。

「くぅ……あの日意識を飛ばしてたことが悔やまれる……っ！」

やっぱり行きたくない。

ここでヴィオラが『行かないで』って言ってくれたらいいのになぁ……なんて思うけど、無理か。そんなキャラじゃないね、うちの奥さん。

僕の曇る心とは裏腹に、ヴィオラが笑顔で送り出してくれてるんだ、行かなくちゃ……。

「王宮内、その周辺、ロージア内、その周辺、今のところ問題なしです」

「わかった。引き続き計画通りの警備を続けるように」

「はっ！」


屯所で部下からの報告を聞く。

これまでのところ、問題なしだ。すべては計画通りに進んでいる。

「パーティーは夕方からか」

「そろそろ準備しないといけませんよ～」

どよんとしている僕を見て、ユリダリスがニヤニヤしている。くっそ、面白がりやがって！

「これから僕はひどい頭痛と吐き気と腹痛に襲われる予定だ。だからユリダリス、お前が僕の代わりに……」

「なりませんよ、そんな予定は計画書にありませんし」

食い気味に拒否られた。

「はあ、めんどくせ」

「寝ぼけてた自分を恨むんだね」

「とっくに恨んでるわ！」

「はいはい。本当にそろそろ準備の時間ですよ～。後のことは俺たちに任せて、副隊長はパーチーを楽しんできてくださいね～」

「くっそ！　ああでも、帰りはヴィーと一緒だから、支度はちゃんとしないとな！」

「やっぱりそこに行き着くのか！」

ぐだぐだ言ってる間にも時間が迫る。

僕は予備の制服に着替え、王宮に向かった。


「今日はわたくしをヴィオラさんだと思って、丁寧にエスコートしてね！」

「………………」

ヴィオラはそんなこと言わねーよ！　……おっと、声に出しそうになった。

二の姫に会うやいなや、いきなりのセリフがそれだった。

まったく、ヴィオラと似ても似つかんじゃじゃ馬だよ。

「エレタリアと公爵様の組み合わせなんて、主役の私たちが霞んじゃうじゃない。お父様、どうしてエリーのエスコートに他の方を選ばなかったのかしら」

一の姫が唇を尖らしている。

が、それは間違ってますね。

「安心してください。私の横にいるのがヴィオラじゃないのでそこまで目立ちませんよ」

「ちょっと公爵様、どういうことよそれ！」

僕がにっこり笑って訂正したら、今度は二の姫の頬が膨らんだ。

国王陛下夫妻、一の姫とその婚約者に続いて僕たちも大広間に移動する。

もうヴィオラは到着してるはずだ。どんなドレスだろうか？　僕の制服に合わせたとか言ってたけど……。

「考えてることだだ漏れですわよ、公爵様。ヴィオラさんは今日も素敵でしょうねぇ〜。いっぱいお誘いかかるでしょうねぇ〜」

ニヤニヤしながら僕の顔を見上げる二の姫。嫌なこと言うな。

「大丈夫です、今日も手を打ってありますから」

って、指輪と本人に言い含めただけだけど。

「さすが、というべきかしら？　あ、ほらヴィオラさんいたわよ」

表面上はにこやかに、コソコソ話をしながら会場に入ってくと、ヴィオラがうちの両親と一緒にいるのが目に入った。

どこにいてもすぐわかるくらい、この会場でもひときわ華やかな存在。

臙脂に金の刺繍のドレスがよく似合ってる！　あ〜今すぐ行って抱きしめたいっ！

「目、目！　公爵様、ヴィオラさん見過ぎ！」

「大丈夫ですよ、バレるようなヘマはしませんよ」

「確信犯か！」

呆れたように言う二の姫だけど、そこんところは貴族男子のスキルを甘く見ちゃいけないな。

二の姫のエスコートと言いつつ、僕は常にヴィオラのことを気にかけている。あの『オーランティア王太子事件』のようなことを二度と起こさせないためにも。

いつの間にかヴィオラは両親の元を離れ、一人で壁際に陣取っていた。本当好きだね、その位置。どれだけ『社交界の華』と褒めそやされるようになっても、どちらかというと『壁の花』になりたいらしいヴィオラに、笑いがもれる。

「クッ……」

「きっしょ」

「うるさいです」

二の姫がじとんとこっちを見てくるが気にならないな。

っと、そこに男が声をかけてきた。今日のヴィオラもとびきりかわいいからな、声をかけたくなるのはわかるけど、やめろ！

今なら視線で射殺せる自信がある！

なおもヴィオラと男の様子を見ていると、困った顔をしたヴィオラが何かを言ったところで、男は笑って去って行った。お、なかなか素直に引いたじゃないか。

ヴィオラへの誘いがしつこくなかったことに安堵していると、

「そろそろ踊らないといけない感じですわよ」

二の姫が脇腹を突いてきた。

「二、三曲踊れば解放ということでいいですか？」

「なにそのおざなり感！　……まあ、それでいいですわよ」

「ありがとうございます」


これでもう後少しの辛抱だ！　これが終わればヴィオラの元に行ける！

途端に自分の表情が緩んだのがわかった。


二の姫の手を引き、ダンスフロアに行く。

曲が流れてくるのを待っている時に、僕は衝撃（※当社比）のシーンを見てしまった。

ヴィオラが、どこぞの貴族とダンスするためにこちらに向かってきてるじゃないか！

ガーン、という音が頭に響く。

「あら、ヴィオラさんも踊るのね」

「踊らなくていいって言ったのに……」

「いいじゃない、少しくらい踊ったって」

「あんな綺麗でかわいくて優しくてかわいいヴィオラを間近で見るなんて許せん。僕ですらまだ近付いていないというのに！」

「公爵様、ノロケうざい……。なんで今日のエスコート役が公爵様だったのかしら……」

別の人がよかった～！　とかほざく二の姫だが、それはこっちのセリフだ！　他のやつになっていれば、今頃あそこでヴィオラと踊ってるのは僕だったのに！


とりあえず心ここに在らず、ヴィオラの動向を気にしながら二の姫と踊る。

ヴィオラはいつも通りにこやかに、楽しそうに踊っている。


それが仮面だとわかっているけど、僕の中で何かがブチンと切れた音がした。


「エレタリア様。ダンスは一曲で十分ですよね？」

「ええ、もういいわ。私もうんざりしてるし、これが終われば解放してあげる」

「ありがとうございます！」


解放宣言出たぞ。待ってろヴィオラ！

でも、僕の言いつけを守らなかったんだ。ちょっとお仕置きしなくちゃね。

一曲踊り終えたところで、二の姫の元を辞してヴィオラのところに向かう。

ヴィオラとそのパートナーはもう一曲踊るようで、そのまま次の曲が流れてくるのを待っていた。

僕でさえ今日まだヴィオラに触れてないというのに、二曲も踊るとか許されん。

ヴィオラの体に添えられた手に嫉妬を覚える。早く引き剥がしたい。


「ヴィー」


自分でも驚くほど低い声がでた。

ヴィオラが振り返る暇なくその華奢な体を後ろから抱き寄せて、相手の男から引き剥がす。

そして、ヴィオラの肩越しに、

「妻を返してもらいますね」

相手の男にニッコリと笑いかけた。一瞬面食らった相手だけど、僕の顔を見て苦笑いすると、

「はい。これは失礼いたしました」

あっさりとヴィオラを返してくれた。うん、話がわかるやつは好きだよ。

「もうっ！　サーシス様！　さっきのはさすがに失礼なんじゃないですか？」

ヴィオラが不機嫌そうな顔で僕を見ている。

僕はヴィオラを男から奪還すると、そのままヴィオラの手を引き大広間を出て行った。

いつもより早い歩調でズンズン歩く僕に、小走りでついてくるヴィオラ。

そして言ったのがさっきのセリフ。

「大丈夫、あっちは僕のことわかってるし、ヴィオラのこともわかってるから」

そう、僕が『超愛妻家』で、ヴィオラは『溺愛されてる妻』だってね！

大広間を出て、人目につかない廊下の柱の陰に入る。これ死角だな、次の警備計画の時は潰しておかないと……って今はそれじゃなくて。死角ありがとう、と言うべきか。

ヴィオラを引き寄せ、壁に押し付ける。ドン、とヴィオラの背が壁に当たった音がした。

ちょっと乱暴になってしまったけど、ごめん。今の僕には余裕がない。

ヴィオラの顔の両側に手をつき、壁と僕との間に囲い込む。

見上げる潤んだ瞳が反則だ。何もかも許してしまいそうになるけど、ここはまだ、我慢。

「サ、サーシス様……？」

真っ赤になって僕を見るヴィオラ。ああもう、かわいい。

「あんまり妬かせないでください。その笑顔が仮面とわかってても理性が焼き切れそうになる」

僕はヴィオラの顎に指をかけ、さらに上を向かせたところでその甘い唇を奪った。

しばらくされるがままになっていたヴィオラだけど、突然僕の胸を押し返し、拒絶の意思を示した。

拒否られたと思いショックを受けかけたのだけど、

「サーシス様だって！　二の姫様とあんなに素敵に微笑みあってるから……。お似合いすぎて妬けました」

ヴィオラはぷっくりと頬を膨らませキッと僕を睨みつけた――って、全然怖くない、むしろかわいいだけだけど。

そして僕の頬を両手で挟むと自分の方に引き寄せ、今度は逆に、僕の唇に自分のそれを重ねてきた。

うわ、はじめて、かも。

ヴィオラから……というのに、僕は感激してしまう。ヴィオラも同じ気持ちでいてくれたんだ。

ここ最近の心のささくれが、溶けてなくなった気がした。

「ヴィー。さっきの話だけど、あれは仮面だよ。向こうだってそうだし。お互いに内心辟易してますから」

てゆーか、僕はヴィオラしか見てなかったし、二の姫はそれをつっこんでばっかりだったし。

「わ〜かってます」

「それに、二の姫は僕みたいなヒョロい男じゃなくて、もっと男らしいがっしりした人が好みなんですよ」

「そうなんですか？　……って、でも、妬けるものは妬けるんですっ」

「……じゃあ、今日はおあいこ？」

「そうですね」

そう言って見つめ合えば……どちらからともなく吹き出す僕たち。

「もう今日は帰ろっか」

「あら、『お仕事』はいいんですか？」

「うん、もう大丈夫。閉店」

「お義父様たちにひとこと言ってから……」

「子供じゃないんだから、いなくなったくらいで大騒ぎ……ああ、ヴィーがいなくなると大騒ぎになるから、後で部下の誰かに伝言を頼もうか」

「くすくす。じゃあ、帰りましょう！」


僕が手を差し出すと、すぐに重なる柔らかい手。いつもの、僕らの形。


「今日はまだヴィーをエスコートしてなかったね」

「そうですよ～」

「僕もヴィーと踊りたかったなぁ」

「私もですよ」


そう言ってどちらからともなく吹き出す僕たち。


「ね。早く帰りたいから、玄関まで走る？」

「任せといてください！　盛装ダッシュは慣れてるんですよ！」

「そりゃいい！」


僕たちは手をつないだまま、玄関まで走ったのだった。

番外編2　レティとお父様

フィサリス公爵サーシス様との契約結婚から二年ほど後。

いつの間にか契約結婚でなくなった私たち夫婦の間に待望のベビーが誕生しました。

かわいい娘――バイオレットは『レティ』と愛称で呼ばれ、周りのみんなの愛情を一身に受けてすくすく成長しています。

そんなレティも一歳と半年も過ぎれば、歩いたり片言を話し出したりとかわいい盛りです。特に旦那様の溺愛っぷりったら！　目に入れても痛くないそうですよ。

最近はヨチヨチと歩くレティの後ろを『転ばないか？　大丈夫か？』とハラハラしながらついて回ったりしてます。

そんなうちのお嬢様が、だんだん寒い時期に向かって一日の寒暖差が激しくなってきた頃に風邪をひいてしまいました。

最近急に冷え込んだのが原因のようで、数日前から熱に苦しんでいます。

「どうしよう、レティが苦しそう……」

一歳はとっくに過ぎていますが、これまでずっと元気に育ってきていました。だから、今回初めての病気らしい病気に私がオロオロしていると、

「医師様はただのお風邪とおっしゃってましたから、じきによくなりますよ」

「小さい子供はすぐに熱が高くなったりしますからね。きっと大丈夫ですよ」

「そうなのね。わかったわ」

先輩ママであるダリアやミモザが励ましてくれました。こういう時身近に相談できる人がいるのって、とっても心強いですね。特にミモザの娘のデイジーはレティの一つ上と、歳が近いのでなおさら頼りにしています。

今私にできることは、きちんとお薬を飲ませて看病することだけ。

大丈夫、医師様やみんなの言葉を信じて頑張りましょうねレティさん！


みんなの言う通り、薬を飲んでしっかり暖かくしていたら二日で熱は下がりました。

しかし、ようやく熱のピークが過ぎたと思えば、今度は鼻水がひどくて苦しそうな呼吸をするようになりました。

ごはんを食べると口がふさがるから息ができなくて、それでもお腹が空くから食べようとするんで、めちゃくちゃ苦しそうです。

「う〜っ、う〜っ」

顔を真っ赤にして怒っているレティ。食べたいのに食べれなくて怒ってるのね。うう、かわいそう！

でも小さく「くちん」ってくしゃみするところがかわいくて、ついニヤッとしてしまう〜。ごめんごめん。代わってあげられるものなら今すぐにでも代わってあげたいんですけど。

レティが風邪をひいているというのを、この世の終わりのように嘆いている人がいます――ええ、旦那様です。

旦那様があまりに悲痛な顔で仕事に行ってるせいか、レティの体調不良はあっという間に拡散されてしまいました。

レティをかわいがってくださっているバーベナ様やアイリス様たち、それに騎士団の綺麗どころトリオをはじめとする旦那様の部下さんたちからお見舞いの品がどっちゃり届きました。――ただの風邪なのに……。

ここはやっぱり元気な姿を見せないといけませんよね！　レティのためにも、心配してくださってるみなさんのためにも、少しでも早く体調を整えてあげないと。

いつも以上にゆっくりとごはんを食べさせ、そのまま抱っこして寝かしつけました。

しかしようやく寝付いたかなぁと思ってベッドに寝かせた途端、レティはすぐに泣き出してしまいます。

「横になると鼻が詰まって苦しいのでしょう」

泣き出したレティをダリアが抱き上げ、背中を優しく叩きます。

「そうかも。抱っこしてると呼吸が楽なのかもね」

抱っこされると安心するのか、またうとうとするんですけどね。置いたらまた泣く。これを延々ループしてます。そろそろ私も抱っこのしすぎで腕が痛くなってきました。

「この調子だと、一晩中抱っこということも覚悟しなくちゃですね」

窓の外を見れば日が傾きかけています。もうすぐ旦那様も帰ってくるでしょう。

「ここはミモザや侍女に任せて、奥様はお休みください」

「あら、うちで一番暇なのは私だもの、完徹くらいへっちゃらよ！」

「しかし」

「いいの。というより、こんなに辛そうなレティを放っておいて、私だけ眠るなんてできないわ」

ダリアは、レティをナニーのミモザに預けたらいいと言うのですが、ミモザだってデイジーのお世話があるんです。いや、ミモザや他の侍女さんたちなら喜んでレティのお世話をしてくれると思いますよ？

でもレティは私の子供だもの、放っておくことなんてできません！

私がお母様の愛情をたっぷりもらって育ったので、やっぱり自分の子供もそうしたいと思うんです。ナニーの手を借りるのは最小限にしたいんです。

ということでダリアを押し切って、私がレティにつきっきりになることになりました。

レティは、普段はレティのお部屋（子供部屋）で寝ています。もちろん侍女さんがすぐ隣の部屋について。

今日は私たちの寝室に連れて行こうかとも思いましたが、御機嫌斜めなレティはすぐにぐずってしまうので、旦那様の安眠妨害になりかねません。

旦那様は今日もお仕事で疲れて帰ってきてるんですから、夜はゆっくり休んでいただかなくちゃいけませんからね。ここは私がレティのお部屋に行くのがベストでしょう。

「レティの体調を万全にしようプロジェクトということで、私、今夜はレティのお部屋で寝ますね」

「え？　いきなり唐突だね」


仕事から帰ってきてレティの様子を見に来た旦那様に言いました。——断定形で。

「レティ、体調が悪いから抱っこしてないと眠れないみたいなんです。眠らないと元気にもなれないですしね。だから私がずっと一緒にいるということになったんです。でも夜中にレティが泣いたら、サーシス様がゆっくり眠れません」

「別にヴィーが一緒にいなくても……。他の侍女に任せたら？　それに、こういう時のためのナニーじゃないの？」

「レティが苦しんでるというのに、私がのうのうと眠ってられません！」

「そうだね、わかった」

旦那様もレティをかわいそうに思ったのか、私が一緒にいることを了承してくれました。

それから一晩中、私はレティがぐずったらお乳をやったり、抱っこしてあやしたり。

私とレティ、二人ともに疲れて眠りについたのは、明け方近くになってからでした。


寝たのは明け方近くだったというのに、いつも起きる時間にはまたぐずりだしたレティ。

「おはよ～レティ。まだ辛い？」

寝ぼけながら抱き上げお乳を含ませると、昨日よりずいぶんマシになっているようで吸い付きが違いました。いい飲みっぷり！　よかったです。

鼻水も止まっているし、鼻詰まりも回復しているようですね。

お腹もいっぱいになり満足したレティを半分眠りながら抱っこしていると、軽いノックの音がして、

「レティの様子はどお？」

ひょっこり旦那様が顔を出しました。

「かなり良くなりましたよ。お乳もよく飲みましたし」

近付いて来た旦那様にレティの顔を見せました。

スヤスヤと眠るレティを見て安堵の微笑みを見せる旦那様。そういやあなたも悲壮な顔してました。

「そうか、ならよかった。でもヴィー、目が開いてないよ」

「そうですかぁ？」

そういや視界狭いなぁって思ってました。

「あんまり寝てないんでしょ」

「ははは」

やっぱり半分閉じたままの目で答えていたら、いきなり腕が軽くなりました。あれ、レティどこいった？

いきなり消えたレティの重みに眠気も吹っ飛びます。


ハッとして目を開けたら、旦那様がレティを抱っこしていました。

「サーシス様？」

「僕、今日はお休みだから、これから交代。ヴィーはここで寝てるといいよ」

「え？　あ、ちょっ⁉」

「はい、寝た寝た」

そう言って私の肩を軽く押す旦那様。

あっけなくベッドに転がった私にさっと上掛けをかけて、レティを片手に抱っこして部屋を出て行ってしまいました。

そういうことなら遠慮なく寝させていただきましょうか！

うとうとまどろんでいると、隣の寝室から「ふぎゃー！」とレティが派手に泣く声と「わ〜！泣きやまない！　どうすりゃいいんだロータス！」と慌てる旦那様の声が聞こえてきました。

ふふふ、旦那様苦戦してますね！

でもここは旦那様のお言葉に甘えて聞こえないフリさせていただきますね。ご自分でなんとかしてください。


寝不足解消とばかりにぐっすりと寝て、気が付けばお昼前になっていました。

「あ～よく寝た。…………あら？」

私が眠りに落ちる前、レティが派手に泣いていたものですから様子が気になって耳をすませたのですが、こそりとも音が聞こえてきません。

ひょっとして、二人でどこかお散歩でも行ったのかしら？

隣の部屋を見に行こうと起き上がったところに、私の様子を見に来たステラリアが部屋に入ってきました。

「起きていらっしゃったのですね」

「え、さっき。ねえ、サーシス様とレティは？」

「寝室にいらっしゃいますわ」

グッドタイミングと、ステラリアに旦那様とレティのことを聞けば、二人は部屋にいるとのこと。

「あら、それにしてはやけに静かねぇ」

「ふふふ。まあ、それはご自分の目で……」

「？」

ステラリアがおかしそうに笑うので、様子を見ようと寝室に行きました。

そっと扉を開けて中を見たのですが、やっぱりこそりとも音がしません。

旦那様もレティも、寝室にいるってステラリアが言ってたのに。おかしいなぁと思いながら部屋中を探すと、ベッドがこんもりと膨らんでいるのが目に入りました。

「？」

あら、お昼寝中？

そーっと足音を忍ばせてベッドに近寄り天蓋の隙間から中を覗くと、規則正しい寝息が二つ。

旦那様がレティをぎゅーっと抱っこしたままお昼寝していました。

レティもよく眠っています。お父様の腕の中は安心できるでしょう？

そこはお母様の特別な場所だけど、今日はレティに譲ってあげますね！

二人してスースーと規則正しい寝息を立てて気持ち良さそうに寝ていますから、もうちょっとこのまま、寝かせてあげましょう。

特典
ショートストーリー集

「誰かこの状況を説明してください!
～契約から始まるウェディング～」の
第1巻発売時に一部店舗にて付属していた
特典ショートストーリーを
本編完結を記念して特別に公開!!

特典ショートストーリー

＊＊＊　料理長・カルタムと庭師長・ベリス　＊＊＊

昼下がりの休憩時間を終え、晩餐（ばんさん）の用意まではしばし間のある頃。

料理長のカルタムは、今夜の料理に使う香草やスパイスを調達するために、庭園の温室にやってきた。ハーブ自体は温室にあるわけではないのだが、庭師長のベリスに会うために足を運んだのであった。

「やあ。今日はラウラとオラーレと黒ぺぺの実をもらいに来たよ」

入り口に背を向けて作業するベリスに向かって、声をかけるカルタム。いつものチャラチャラした口調は何処（いづこ）に、いたって普通の、むしろ気のいいイケメンオヤジである。

カルタム曰く、いつものフェミニスト全開の自分は対女性用で、「男相手にそんなもんやってられるか」、というのが本音らしい。

「……はい。摘みごろのものがたくさんなっていますよ」

それまで一心に作業していた手を休め、緩慢（かんまん）な動作でカルタムに向かって答えたベリスは、ズボンについた土をパンパンと適当に払って立ち上がった。

そして、カルタムを先導するかのように温室を出、薬草や香草を育てている一角に向かった。

「旦那様がご結婚するんだってね。いきなり聞かされてびっくりしたよ」

周りに誰もいないことを何気に確かめてから、カルタムはおもむろに口を開いた。

「そう、みたいですね」

「まだ使用人たちには発表されていないところを見ると、ただ今調査中ってことだよね」

「ええ」

言葉少なに肯定するベリス。

ちなみにカルタムは、ダリアとともにロータスからいち早く情報をもらっていたのでこの件に関して知っていたのだ。

対するベリスは庭師長であり、なおかつ公爵家の〝影〟としても動く存在。今回の結婚に関しても、ロータスの指示を受けてユーフォルビア伯爵家を調査しているのである。だからのカルタムのこの発言。

「どんなマドモワゼル？」

「あまり情報が出てこないんで何とも言えないんですが……。まあ、見た感じは普通の娘さん、ですね。素朴(そぼく)な感じと言いましょうか。貴族然としていないし、むしろ使用人か何かのように細々(こまごま)と家のことをしている」

「へえ、そうなんだ。旦那様のことだから、ものすごく派手な頭の軽いご令嬢でも捕まえてきたのかと思ったけど」

「……むしろ真逆、ですね」

「そうか……」

黙り込む二人。

「旦那様はお連れ様と別れる気配もないっていうのに、結婚か」

「ありえないですね」

普段は寡黙なベリスが、カルタムのこの言葉には即答する。

「旦那様がどんな考えでご結婚されるのかはわからないけど、普通のマドモワゼルには荷が重すぎるんじゃないのかなぁ」

「そうですね」

「ま、僕たちはそのお嬢さんに、せめて居心地のいい場所を提供できるように頑張るしかできない、かな」

「はい」

罪もない女性が悲しむのは断固反対なカルタム。対するベリスは、旦那様の倫理に悖る所業に対する憤懣。若干方向はずれているものの、新しくやってくる女主人に同情を感じている。

「じゃあ、邪魔したね。香草はもらって行くよ」

そう言って、摘みたての香草を手に屋敷へと引き返していくカルタムであった。

それから一年後。

そんな会話を繰り広げていた二人が、奥様としてやってきたヴィオラにすっかり心酔(しんすい)することになるとは、この時、誰が想像できただろうか。

特典ショートストーリー

＊＊＊　侍女長・ダリアの証言　＊＊＊

旦那様が結婚すると突然言いだしてから、公爵家はにわかに慌ただしくなりました。お輿入れしてくる新しい奥様をお迎えする準備をせねばなりませんし、それと並行してお式の準備もしなければいけませんから。

長く諦観に包まれていた公爵家に、活気が戻ってまいりました。

しかし旦那様にはすでに長くお付き合いのある愛人がいらっしゃいます。しかもその愛人とはいまだに別れる様子もございません。まさか、旦那様はこのまま愛人とも付き合ったままご結婚なさるということでしょうか。

なんとうちの旦那様は酷なことをされるのか……！

この鬼畜め、と心の中で叫んだのは秘密ですが、ご理解いただけると思います。

そんなおいたわしいお嬢様には、嫌な思いや不自由な思いはさせるまいと心に誓い、さらに準備に力を入れました。

結婚式を終えて、初めてお会いするお嬢様――いや、もう奥様ですね――は、かわいらしい方でございました。使用人が一堂に会してのご挨拶に、驚いて目を見張っておられる姿もなんとも微笑ましく。お疲れだろうと、私とミモザが手をお貸しして寝支度を整えさせていただきましたが、心ここにあらずといったご様子でしたね。

おとなしい方かと思っていたのですが、その瞳を見た時に「それは違う」と直感いたしました。活気のなくなった公爵家の現状を見抜き、なんとかしたいとおっしゃった瞳には、生き生きとした輝きが見て取れたのです。そこには「政略結婚で輿入れしてきたお飾りの奥様」といった重い色は一切見当たりませんでした。

奥様に使用人の真似事などさせていいのかという侍女長としての葛藤もございましたが、しかしそれはそれは楽しそうにお屋敷内を動き回る奥様のご様子は何物にも代えがたいものがございましたので、ここは見守る方向で行きましょう、とロータスさんと黙って頷きあいました。

それにしても、一緒に過ごせば過ごすほどに魅力の増す奥様です。

お屋敷を活性化させるためにとあれこれ考えて動く行動力、使用人の目線に立ち、決して上から命令することのないそのお姿は、結果的に屋敷中の使用人たちに慕われていきました。そうなると屋敷はますます明るくなってゆきます。また、いざという時は冷静に指示も出せる。まだお若いのにとてもしっかりしている方だと思います。

先代の公爵夫人もとても素晴らしい方だったのですが、また違った魅力をお持ちの奥様にお仕えできることが、とてもうれしく思います。

最近だらしがなくなった旦那様ですが、実はとんでもない大物をつかんできたのではないでしょうか……。

特典ショートストーリー

＊＊＊　侍女・ミモザの証言　＊＊＊

私がフィサリス公爵家にお仕えするようになって七年。いつかは女主人にお仕えするメイドになりたいというささやかな野望を心に秘め、来る日のために日々精進をしてまいりました。このお屋敷の女主人にお仕えするということは、つまりエリートの証明とも言えるのですから。

先代公爵夫人には侍女長のダリアさんをはじめ、ベテラン侍女たちが脇を固めていましたから、私みたいなひよっ子の入り込む余地なんてありませんでした。まあ当たり前ですけどね。ですから次の奥様にはぜひ私もお仕えしたいと思ったのでございます。

私がご奉公させていただきはじめた頃の公爵様は、それはそれは優秀なお方でした。

若くして騎士団でも一目置かれるほどの才能を見せつけていらっしゃいましたし、見目形も麗しい。幼い頃からしっかりと帝王教育を受けておられるので、とてもしっかりしていらっしゃいます。そのような方が選ばれる奥様ですよ？　素晴らしい方に決まっているじゃないですか！

しかし旦那様は一向に結婚しようとしませんでした。それどころか、いろいろなことを放り出して、別棟と呼ばれる離れに愛人を囲ってそちらにばかり通うようになってしまわれる始末。

そんな状況が六年も続くと、さすがに使用人たちも呆れてしまいました。むしろあきらめの境地というか。しかし私はそんな諦観が蔓延する中でも、一人せっせとスキル磨きに余念がありませんでした。

そしてついに、その努力が報われる日が来たのです！

その朗報は朝の使用人ミーティングの時に、ロータスさんから発表されました。

「旦那様がご結婚されることになりました。お相手はユーフォルビア伯爵家のご令嬢、ヴィオラ様です。みなさん、心を込めてお仕えください。奥様付きにはダリアと、それからミモザをチーフにします。ヴィオラ様はまだお若くていらっしゃるので年の近いものの方がいいでしょうし、ミモザならば安心して任せられますからね」

ロータスさんがニコリ、と笑って私を見ました。ダリアさんも大きく頷いています。

完璧な執事であるロータスさんと、歩く手本ともいうべきダリアさんに認めていただけた瞬間です。うれしすぎて最初はぼんやりとしてしまいました。

新しく女主人となるヴィオラ様にお会いしたのは、それから一年後、お二人の結婚式の日でした。

奥様のお支度係にと参上したのですが、初めて見るヴィオラ様の素朴なかわいらしさには驚かされました。

一見すると素朴な普通のお嬢様ですが、キラキラと輝くサファイアブルーの瞳は怜悧な光を宿していました。化粧っ気はないもののお顔立ちは整っていて、これから磨けば光る璧になるでしょう。御髪もお肌も、すべて輝きを内包しているかのようです。

ひと目見て、私はこのお嬢様を好きになってしまいました。

旦那様のご趣味はいかがなものかとみなで眉をひそめていたのですが、いやいやどうして、これはなかなか大きな原石を見つけられたのではないでしょうか——。

特典ショートストーリー

＊＊＊　執事・ロータスの証言　＊＊＊

「突然なんだが、結婚しようと思う」

旦那様に呼びだされ、使われなくなって久しい旦那様の書斎に顔を出した途端に突き付けられた言葉。驚きすぎて一瞬固まってしまいました。

これまでお父上様や周りの方々がどんなにいい縁談を持ってきても首を縦に振らなかった旦那様が、結婚を考えていると。

しかし旦那様には現在進行形で愛人がいらっしゃって、屋敷内の離れに住まわせている状況。別れる素振りもなければ、むしろ毎日あちらで暮らしていると言ってもいい現状なのに、結婚するとはどういうことでしょう？

「別棟のお連れ様とはお別れになるのですか？」

差し出がましいとは思いつつも旦那様に確認すれば、

「まさか！　上辺(うわべ)だけの結婚に決まっているだろう。相手はユーフォルビア伯爵家の令嬢だ。ちなみにカレンのことも承知している」

と、なんでもないように答える旦那様を鬼畜だと思ったのは、私だけではありますまい。

「そうでございますか」

内心の思いには蓋をして、ことさら淡々と答えました。

「結納金代わりと言っちゃなんだが、伯爵家の借金を肩代わりすることにしたから、その手配を頼む」

旦那様のその一言で、この結婚が借金の肩代わりを対価にした契約結婚なのだな、と確信いたしました。

「……かしこまりました」

私は静かに頷いて、書斎を後にしました。


自分の執務室に戻り、こういった調査を得意とした者を呼び出します。


ユーフォルビア伯爵家について。

借金とはどのくらいなのか。

ご令嬢はどんな人物なのか。

これらを可及的速やかに調査せねばなりません。私のモットーとして、公爵家に害をなすものは排除することを掲げております。ですから、少しでも怪しげなことが見つかれば、この縁談をなかったことにすることさえ厭いません。

しかし、私の心配は杞憂に終わりました。
ユーフォルビア伯爵家は貧乏ではありますが、おおむね評判はよろしいようです。好人物な伯爵としっかり者の奥方。借金についても、それは自分たちのためではなくて領民を救うためという何とも奇特なものでした。お子様は三人で、長女にあたる方が旦那様のご婚約者様ということですが、あまり社交界にも顔を出さないらしく詳しい情報は手に入りませんでした。しかし浮いた噂もおかしな話もいっさい出なかったので、安心しても大丈夫でしょう。

実家の借金のために、この鬼畜な条件を呑まれた健気な方なのでしょう。

私はまだ見ぬ奥様にご同情申し上げながら、結納金を手配したのでした。実際の奥様は鬼畜条件に泣く泣く応じたということはないようで、なんともマイペースなかわいらしいお嬢様でした。ご自分の置かれた境遇を嘆くでもなくポジティブに動き回っている姿を見て、ほっと胸をなでおろしました。使用人たちに混ざってお屋敷内を楽しそうに動き回っている奥様を、使用人一同全力でお守りしていこうというのが、今の私のモットーでございます。

誰かこの状況を説明してください！　7
～契約から始まったふたりのその後～

*本作は「小説家になろう」（https://syosetu.com/）に掲載されていた作品を、大幅に加筆修正したものとなります。
*この作品はフィクションです。実在の人物・団体・事件・地名・名称等とは一切関係ありません。

2017年1月20日　第一刷発行
2019年9月20日　第三刷発行

著者 …………………… 徒然花

イラスト …………………… 萩原 凛
発行者 …………………… 辻 政英
発行所 …………………… 株式会社フロンティアワークス
〒170-0013　東京都豊島区東池袋 3-22-17
東池袋セントラルプレイス 5F
営業　TEL 03-5957-1030　FAX 03-5957-1533
アリアンローズ編集部公式サイト　http://arianrose.jp
編集 …………………… 平川智香・原 宏美
装丁デザイン …………………… ウエダデザイン室
印刷所 …………………… シナノ書籍印刷株式会社